Tiara Label

ティアラ文庫

# 騎士恋物語

永谷圓さくら

presented by Sakura Nagatanien



プランタン出版

イラスト／辰巳仁

「ひゃっっ!?」
両手で膝から腿まで触っていく。
ウールのストッキングを
留めているガーターベルトを
外しているのか
指が当たってくすぐったい。
Illustration©Jin Tatsumi

# 目次

※本作品の内容はすべてフィクションです。

# 序章　騎士と王女

広大な領土と豊かな土地を持ち、幸せの国と謳《うた》われたファーレンホルスト王国。

夢のような憧れの国は潰れ、優しく国民に愛されていた国王は壊れた。

卑劣《ひれつ》な手で他国に攻め入り戦いを始める。一つ一つと失くしていく何かは戻る事はなく、因果応報《いんがおうほう》かファーレンホルスト王国は全てを失った。

次期国王である長男も戦いから帰ってこない。次男は早くに駆り出され名前すら聞こえてこない。せめてもと幼い四女だけは国から逃がしたけど、今となっては無事かどうかも確かめられない。

静かになった城に少ない使用人と、三女であるミカエラ・フォン・ファーレンホルストだけが残っていた。

きっと何もかもが駄目だったのだろう。

誰も戦いを止められなかった。次男は皆に逃げろと言って戦いに行った。長男は戦いを終わらせてみせると出て行ったが、説明も説得もできずに終わってしまったとしか思えない。だってどんどんと事態は悪くなる。

その証拠に、使用人達が最悪の事態だと叫びながらミカエラの前に現れた。

他国の紋章を掲げた騎士が城の周りに大勢いるという。随分と前に跳ね橋は落ちたままだったから、庭園に易々《やすやす》と騎士達が入り込んだと叫んでいる。

「お嬢様っ！　ミカエラお嬢様！」

「早く！　早くお逃げください！」

パラスまで届く悲鳴に怒声。

庭園の花々の匂いを消すような死臭に、一人一人と減っていく使用人達。

本来なら篭城《ろうじょう》されてしまえば落とせない難攻不落の城の筈《はず》だった。

豊かで裕福な国と称賛されたファーレンホルスト王国は守りも素晴らしい。

城の周りには人工の水堀に守られ、更に高い外壁と内壁に守られている。楼門《ろうもん》で見張っている門番が跳ね橋を引き上げてしまえば、宮廷城に相応しいパラスの前にある庭園すら見る事は叶わなかっただろう。

だが、ファーレンホルストは既に、民に使用人に家臣に見放されている。

跳ね橋と門を見張る門番もいなければ、城を守って戦う騎士もいなかった。

「落ち着きなさい！　この乳母であるベリンダがいる限り、お嬢様に指一本でも触れさせません！」

「で、でも！」

「もうそこまで来てるんですよっっ！」

ミカエラを守っている使用人達が焦っているのは、国王の安否が解ってないからだろう。普通の戦いならば、幾ら王族とはいえ三女であるミカエラに責任がいく筈がない。長男や次男だったら責任を取らされる事もあるかもしれないが、女子供では最悪でも人質になるぐらいだ。

しかし、この戦いは普通ではなかった。

戦いを終わらせる為には戦いの原因である国王を討ち取らなければならない。だからこそ戦いが不利になれば王族達は家臣や兵を連れてベルクフリートに篭城する。

それが最後の戦いとなるのに、ファーレンホルスト国王は、一人でベルクフリートに引き篭もってしまった。

こうなってしまえば追いかける事もできない。残っている者達が駆けつけたとしても、国王が扉を開けてくれない限りどうしようもなかった。

本来ベルクフリートは主塔と呼ばれ、戦いの時に篭城《ろうじょう》し最後の砦《とりで》となる。だから簡単には入れない。唯一の出入り口は二階ぐらいの高さにあり縄梯子《なわばしご》で行き来する。

縄梯子を上ってすぐにあるのは細く狭いトンネルのような通路で、屈《かが》んで通り抜ける事ができても鉄製の重い扉に阻《はば》まれた。

それを解っているのに国王はベルクフリートに入り縄梯子を引き上げてしまう。重い扉にも鍵をかけてしまえば、誰も国王に会う事ができなくなる。

どうして自分で始めた戦いから逃げたのか。こうなる事を見通していたのか。

だけどベルクフリートに行った国王の意図が解らなかった。

裕福で軍事力の強さを誇るファーレンホルスト王国では、敵に襲われ篭城する事はないと、長期間過ごす為の食料や水が一つも置いていない。

何もないと知っている筈だ。なのにどうして。ベルクフリートに国王が篭ってから既に一週間以上が経っていた。

「早く！　早く国王の寝室へ！」

「皆、集まった？　早く呼んできて！」

もしかしたら生きているかもしれない。もしかしたら亡くなっているかもしれない。そんな曖昧な現状だから、一体誰が戦いの責任を取るのかと皆が不安になる。

この城に残るたった一人の王族。

ミカエラに全ての責任がいくと思うからこそ、使用人達は必死になっていた。

「さぁミカエラお嬢様！　少々汚れるかもしれませんが、この暖炉《だんろ》から城の外に出られる抜け道があります！　お嬢様が通った後はこのベリンダが部屋を守りましょう！」

ミカエラの乳母であり教育係でもあり、この国の使用人達を纏《まと》めているベリンダが大きな声を出す。周りにいる使用人達は扉を塞《ふさ》ごうとしていたのか家具に手をかけている。

そんな使用人達の姿を見ながら、ミカエラは手を握り締め息を吸った。

皆の気持ちは嬉しい。自分の為に危険である城に残ってくれた心が嬉しい。こんな酷い状況になっても守ってくれる気持ちが嬉しい。

しかし、ミカエラは王族として責任を取るべく、覚悟して城に残っていた。

「ベリンダ、ありがとう」

「いいえ、ミカエラお嬢様が逃げるまでの安全は……」

「………もう、いいの」

一体、どこで間違ってしまったのだろう。

パラスの突き当たりにある王の寝室で、ミカエラは自分を守る盾になろうとしている乳母や使用人達の顔を見る。

王の乱心さえなければ、この国は平和だった。

悲嘆な運命さえなければ、この城は幸せだった。

母が亡くなるまでは優しい父だった。本当に本当に幸せだったのに。

「……投降します。お父様は……生きているか解らないのだし、王女である私がこの戦いの責任を取らなければ、誰にも止められないでしょう」

「馬鹿な事を言わないでくださいっっ！」

こんな事になっても城を出ずに、乳母も使用人もずっと自分を守ってくれた。

俺がいなけりゃ誰も飯作れねぇだろうと、コックも残ってくれたのに姿が見えない。兄達の乳母達も、兄の代わりにミカエラを助けると残ってくれたのに姿が見えない。

助けてくれる優しい人は一人一人と減っていく。

どうしてこんな事になったのだろう。どうしてこんな酷い事になってしまったのか。

でもミカエラだって何をすれば良かったのかなんて解らなかった。

王女として生まれてきて、まさか戦いを止める為に命を差し出す事になるなんて想像もした事はない。国王の代わりを務めなければならないなんて、吟遊詩人の歌にもなかったから考えた事もない。

だけど、これこそがミカエラの運命だったのだろう。

こんな時でも王族の着る服は決まっていて、動き難いドレスの裾をそっと摑んだ。

「ファーレンホルスト家に生まれた者の定めです」

「お嬢様っっ！　駄目ですっ、絶対に駄目ですっっ！」

「大好きよ、ベリンダ……だから行かせて」

皺《しわ》が目立つようになった手を伸ばすベリンダを見ないように、ミカエラは王の寝室から飛び出した。

ごめんなさい。でも運命なの。これが務めなの。

王族として生まれ、王女として生きてきたのだから、やらなければならない事がある。

王女として国の為に他国へ嫁ぐ事しか教わってないけど、それでもやらなければならない事は解っている。

王の寝室を飛び出し皆が来る前に、大きな音を立てて扉を閉めた。

こうなる事は解っていたから、扉の横に安定の悪いチェストを置いておいた。チェストの上には大きな花瓶を乗せてある。

だからミカエラは扉を閉めてからすぐに重いチェストを倒した。

外開きの扉は簡単には開かないだろう。その間にミカエラは走り出す。重いドレスの裾を持ち上げ、みっともないと思うけど必死に走った。

生まれた時から、この城で暮らしている。

十六年間だ。十六年になったばかりだけどずっとここにいる。

だけど、全てが違う。必ず誰かに会う廊下は静かで、階段を下りれば罵声《ばせい》と金属同士がぶつかる音と血の匂いが酷くなった。

まだ敵はパラスの中にまで入ってきていないのか、ミカエラは誰にも咎《とが》められずに宮廷と呼ばれる大広間を抜ける。

悲鳴が聞こえる。嫌な音がする。緊張と恐怖と混乱で、泣きそうになりながらミカエラはパラスから出た。

「……っっ！」

豊かな国の象徴である贅沢な造りのパラスに入るには、美しく広がる庭園から大階段を上らなければならない。庭園で馬車を降りれば白く輝く大きな階段がパラスの二階に伸びていて、階段を上れば宮廷である大広間に入る事ができる。

その階段の上で、重厚な造りの扉に手をかけて、ミカエラは唇を噛み締めた。

温かくなれば綺麗な香りを振り撒く花の上で大きな剣を振り回す男や、農具を振り回している男がいる。宮廷に入る客人の為に造られた道には馬が入り、迷路のように植えられた芝の上には血塗れで動かない何かが横たわっている。

怖い。なんで。どうして。これが戦いなのか。解っている。でも知らない。解っている けど知らない。ただ怖い酷い怖い怖い。

「……でも、みんなの為だからっ」

眩暈《めまい》を起こしそうな光景に眉を顰《ひそ》め、ミカエラは吐き気を抑えながら深呼吸をした。

だって怖いなんて言っている場合ではない。やらなければいけない事がある。

逃げ出したい気持ちを抑え込んでミカエラは大きな声を出した。

「……ファ、ファァーレンホルスト家の三女！　ミカエラ・フォン・ファァーレンホルストです！　い、今！　このパラスに王族は私だけですっっ!!」

大きな声を出す勉強などしなかったから、ミカエラの小さな声は周りに届かない。

当たり前だろう。ミカエラは王族であり王女と呼ばれる身分だ。淑女としてレディーとして慎みのある女性としてのレッスンしかしていなかった。

だから叫んでも誰も気付かない。

見た事のない鎧で剣を振り回す男達と、普通の服を着て農具を振り回す男達は振り向きもしない。

「聞いてっっ！　このパラスには国王なんていませんっっ!!」

怖くて階段を下りる事ができなくて、それでも叫んでいればミカエラの姿に気付く者がいた。

いきなりピタリと声や音が絶える訳ではない。きっと声が聞こえている訳ではない。ただパラスに続く階段の上に誰かいると、この状況で優雅なドレスを身に纏う女がいると、不審に思っているのだろう。

それでも言い訳をすればミカエラが着ているのは簡易なドレスだ。喪《も》に服す時のドレスではないが、いざという時にと用意されているドレスは普段の物より簡素な作りになっている。アクセサリーもつけていない。ドレスの色も薄い紺色で、フリルやレースではなくカメオの釦と銀糸の刺繍になっていた。

でも、この状況ならば派手なドレスなのか、ミカエラに気付いた者は驚いているのか少し硬直する。一人が気付き二人が気付き、他の皆も何を見ているのかと視線を追う。

誰かに見られる事には慣れていても、屈強な男達と真っ赤に染まった何かに注目される事には慣れていなかった。

「ミ、ミカエラ……ミカエラ・フォン・ファーレンホルストですっ」

母譲りの金糸のような髪が風に舞う。

深い深い緑の瞳で皆を見据え、緊張で蒼白くなった唇を噛む。

怖い。泣きたい。逃げ出したい。それでも皆の為だと心を奮い立たせて、王女としての責任を取るのだと、ミカエラは喉が切れるような声を上げる。

「この中でっ、指揮を執っている騎士は、どなたですかっ！」

鎧に合わせたヘルメットをかぶっている騎士も多いから、全員に声は届いていないのだろう。

それでもミカエラに気付いた男達が皆、パラスへと続く階段の上を見つめた。

階段の下に大勢の人がいる。誰が敵で誰が味方なのか解らないが、全員が武器になる物を持ってミカエラを見つめている。

誰かが誰かに問う。誰かが誰かを指差す。

キンと頭が痛くなるような金属音が消え、一人の騎士がゆっくりとパラスへと伸びる階段に向かって来た。

余りの緊張に眩暈がする。

どきどきと跳ねる心臓は口から飛び出しそうで、気持ちの悪い冷たい汗がドロリと背中を伝って落ちる。

階段の上から見ていたミカエラは、近付いてきた騎士が怖くて気絶しそうになった。

「……っっ」

だって、恐ろしいほどに大きい。

一歩一歩階段を昇ってくる騎士は、甲冑《かっちゅう》を身に付けているとはいえ余りにも大きい。こんなにも大きな騎士はファーレンホルストにはいなかった。父も兄も家臣も、こんなにも大きくはなかった。

まるで大きな岩のよう。まだ随分と下の段にいる筈なのに、もうミカエラの目線に近付いている。

どうしよう。どうすればいい。

凄く凄く怖いけど、逃げるなんてできない。だって乳母や使用人達を見捨てるなんて絶対にできないと、震える身体を抑えるように手を握り締める。王族として責任を取る為に叫んだのに、逃げてしまえば卑劣にも隠れた国王と同じになってしまう。

それに今更逃げようとしても無理だと解っていた。

パラスから出てしまえば隠れる所も無い。階段の下には庭園が広がっていて、一番近い礼拝堂までもミカエラが歩けば十数分かかる。そこから門までの距離を走れる訳がない。

大体にして逃げるつもりなら、王の寝室の暖炉にある裏道を使っていた。

だけど、そこから逃げるとミカエラと数人しか助からない。きっと乳母であるベリンダは自分を確実に逃がす為に城に残ってしまう。

戦いは終わらず、憎しみだけがファーレンホルストに残る。

説明をして戦いとファーレンホルスト王国を終わらせる義務がミカエラにはあった。

でも幾ら決心が強くても、恐ろしいと思う心は消えない。

震える足のせいで倒れそうになる。だけど駄目だ。自分がしっかりしなきゃ。このパラスの中にいる王族は自分だけで、兄二人も妹もいなくなった。父である王ですらここにはいない。この争いを収める事は無理だとしても理由を話して責任を取り、自分を守ってくれた乳母や城の使用人達だけでも助けてあげたい。

だって自分はファーレンホルスト王国の王女なのだから。

今この状況では誰も信じてくれないだろうが、母が亡くなる前の王は本当に優しかった。ほんの少し前のファーレンホルスト王国は幸せだった。今から考えれば嘘のようだけど、本当に国王も国も何もかもが幸せだった。

でも現状を見れば解るだろう。国王のせいで優しさは消えた。国王の始めた戦いのせいで幸せは壊れた。

原因である国王に罪を償《つぐな》わせたいけど、ここにいないのならば、王族であるミカエラが責任を取り全てを終わらせなければならなかった。

「あ、あの……」

　でも、どうやって伝えればいいのだろうか。なんて言えば乳母や使用人達を助ける事ができるのだろうか。ファーレンホルスト王国を終わらせ、戦いを争いを終わらせるにはなんて言えばいいのか解らない。

　ひくりと喉が鳴る。からからに乾いた口の中は、必死の懇願《こんがん》を引き攣《つ》った息に変えてしまう。震えは止まらず肌は戦慄《わなな》き、張り付いた喉が息すら苦しくした。

　だって目の前の騎士が恐ろしく大きい。

　多分、自分よりも二段下にいる筈なのに、ミカエラは騎士の顔を見る為に顔を上げなければならない。富の象徴である白く光る大階段の一段一段は高くはないが、それを考えても目の前の騎士の背は高いだろう。

　しかもゆったりとした動きで、鈍く光る甲冑のヘルメットを取ろうとしていた。

　嫌な汗が流れる。ヘルメットを取った騎士の顔が怖くて冷たい水色の目が怖くて、何より敵だと思えば心臓が破裂しそうに震える。

　どうしよう。ぐるぐると思考が回る。怖い。解っている怖がっちゃ駄目だと解っているけど怖い。何を言えばいいのだろう。最初から話せばいいのか、それとも簡単に短く話せばいいのか。でもどうやって。母の事から話さなければいけないのだろうか。この人に。目の前の大きな岩のような騎士に。

そう、騎士と話をする。ファーレンホルストの騎士とどんな話をしただろうか。ドキドキと心臓が煩《うるさ》い。震える身体が壊れそうだけど、王女として挨拶をしなければいけない。

「……ファーレンホルスト国王の娘、三女のミカエラ・フォン・ファーレンホルストです」

冷静になれば不味《まず》い事をしてしまったと解るが、今のミカエラは倒れそうなぐらいに緊張していた。

だから貴婦人としての行動をする。王族である淑女としての仕草をする。騎士と会った時にとる行動を、ミカエラは無意識のままやってしまった。

ゆっくりと、騎士に向かって手を差し伸べる。手の甲を上にして少しだけ指先を曲げて、美しい手の形を保ったまま騎士に挨拶をさせようとする。

「……イヴァン・クラウゼヴィッツ。ヴォーリッツ家当主を主君とし仕えていた者だ」

差し伸べられたミカエラの手を騎士は恭《うやうや》しく取り、そっと指先に口付けを落とした。

そこまでされてもミカエラは混乱したままで、恐ろしく失礼な事をしてしまったと気付けない。ただ、頭の中で言葉がくるくると回る。

イヴァン。イヴァン・クラウゼヴィッツという名前など知らない。ヴォーリッツ家は名前だけ知っている。どうして知っているのか、ミカエラは必死に記憶を探る。

「我が主君であるカルステン・フォン・ヴォーリッツはファーレンホルスト王国と協定を

結んでいた筈だが……」

ああ、そうだ。ヴォーリッツ家はファーレンホルスト王国の敷地内にあるが、協定で独立した城になっていた。

思い出したミカエラは、顔を青くしてイヴァンを見る。城伯の称号を持つヴォーリッツ家が独立しているのは、城主であるカルステンがファーレンホルスト国王と盾仲間だったからだ。

騎士見習いから同時に騎士となり、同時に騎士になる為の叙任式を一緒に行う仲間は永遠の友情を誓う。固く結ばれた友情は普遍で、だからこそ特別な協定でヴォーリッツ家は独立していた。

「……ま、まさか……ヴォーリッツまで？」

「王女である君が何も知らないなんて事はないだろう？」

「知らない、知らないんです……この戦は全て国王である父の一存で始まったから」

頭が痛くなるほど喉が熱くなる。

もしかしたらと思っていた。もしかしたら、元の父に戻ってくれるかもしれない。もしかしたら、優しい国王に戻ってくれるかもしれない。

駄目なのは解っていても、もしかしたらという希望に縋《すが》っていた。

だって優しい父だった。優しかったからこそ、母が亡くなった時に壊れてしまったのかもしれない。ならば戻る可能性があるかもしれない。

でも、駄目だ。永遠の友情を誓った盾仲間に奇襲をかけるなど、人としての心を持っていればできる訳がなかった。

それほどまでに盾仲間とは深い友情で結ばれる。

なのに、どうして。そういえば長男が苦々しく言っていた。隣国であるアーリンゲ王国に負けたのに、そのまま他の場所を落としにいくと。まさかもしかして、そういう事だったのか。傷付いた兵を引きヴォーリッツを攻めにいったのだと、ミカエラは今初めて知る。

そこまで。そこまでして盾仲間を落としたかったのか。何の為に、どうしてそこまで。

縋り付いていた希望を打ち砕《くだ》かれ、震える声でイヴァンに告げた。

「父は……国王はベルクフリートにいます。中から鍵をかけ、誰とも会っていません。この戦いの罪を償わせる事はできないでしょう……でも、その為に、戦いを終わらせる為に、私はこの城に残りました」

二段ぐらい下にいるイヴァンの甲冑に手を伸ばす。イヴァンと目を合わせるには顔を上げないといけないぐらい高くて怖いけど、冷たい甲冑に爪を立てる。

「皆を、私を守ってくれた使用人達を……助けてください。私はどうなってもいいから、お願いします本当に皆は悪くなくてただ私をっ……」

どうやったら乳母や使用人達を助けられるのだろうか。全部を説明する時間なんてなさそうだし、こんなにも混乱している自分では説明できないと思った。

もう、自分はいい。この場で処刑されても仕方がないと思う。むしろ自分の命で皆が助かるのなら、今までの恩を今ここで返したかった。

だって何もない。この国にも、自分にも、皆にしてあげられる事など一つもない。王女として争いを終わらせるなんて無理だった。王女として生きてきた自分のプライドなど何の役にも立たなかった。

だからミカエラは必死になる。

イヴァンの甲冑に縋り付き、爪が痛くなるまで縋り付いて懇願《こんがん》する。

そんな必死な声が届いたのか、イヴァンは眉を寄せて溜め息を吐いた。

「……まずはパラスに入れ。ファーレンホルストの王女が声を荒げるなんざ、みっともない」

「で、でもっ」

「いいから。階下の者達には私が説明しておく。ほら、迎えが来たようだ」

イヴァンが視線だけをミカエラの後ろに流した途端、パラスから凄い勢いでベリンダと使用人達が飛び出してきた。

叫んでいるのだが言葉になっていない。それでもミカエラを囲むように集まる。まだ守ってくれるのか。でも危ないから逃げろと言いたいのに声が出ない。お願いだから逃げてくれと言いたいのに喉が引き攣る。

もうファーレンホルスト王国はなくなったのだと言いたいのに、もう私を守る必要はないと言いたいのに、声が息になって掠《かす》れて消えた。

「まったく！　年寄りに無理させるなんてミカエラお嬢様は!!」

パラスから飛び出してきたベリンダも焦っているのだろう。

まるで子供の頃のようにミカエラはベリンダに尻を叩かれる。痛い筈なのに痛くない。心配してくれたのに抵抗する気なんてなくて、何よりベリンダの顔を見た途端に気が抜けてしまった。

だって気丈なベリンダの瞳にも涙が浮かんでいる。他の使用人達は自分とベリンダを隠すように壁になってくれている。

嬉しいけど駄目だ。気が抜けて倒れそうだし泣きそうだ。どうしてそんなに優しいのだろう。父が奇怪《おか》しくなってから皆には何もしてあげてないのに、それでも自分を守ってくれるのかと混乱が嬉しさと混ざってしまう。

本当に今までの緊張が解けそうで、ミカエラは泣き出さないように唇を噛み締めた。

「…………」

せめて、せめて使用人達だけでも安全な場所へ逃がしてやりたい。だから憎むような瞳でイヴァンを見つめる。

全ての責任はファーレンホルスト王国の国王にある。

国王がいないのならば、王族が責任を取るべきだ。

罪を償うのは自分だけでいい。ベリンダにも使用人達にも罪はないと、声には出さないけどミカエラの視線は雄弁に語っていた。

「……そのまま宮廷で待っていろ。下の皆に説明したら数人をパラスに上げるから、その用意もしておけ」

低く脳に響くような声はなんて言ったのだろうか。何でもない事のように言ったイヴァンは、ミカエラを見ずに階段を下りていった。

思わずミカエラは呆然としてしまう。イヴァンの言った言葉の意味が解らなくて、思わず後姿を見送ってしまう。

だって、それは話を聞いてくれるという事なのか。理由を知らなかったとはいえ、庭園まで入り込み戦っていた人達が話を聞いてくれるのだろうか。

しかしイヴァンは振り向かず、階段を下りて皆に説明をしているようだった。

「ミカエラお嬢様？　あの騎士は？」

ベリンダの声が聞こえてくるけど、ミカエラはすぐに答えを返せない。

大勢の人達の中にいるイヴァンを見て、初めて希望の光りが見えてきたような気がした。

今までは絶望への遠回りをしていたのかもしれない。どうにもならないのに、どうにかならないかと必死になっていたのかもしれない。

もちろんイヴァンが皆を説得してくれるといっても本当に皆が説得される訳ではないが、その気持ちが嬉しかった。

だって本当なら、一番被害に遭っている人だろう。

ヴォーリッツ家の城主を主君として仕えている騎士ならば、ファーレンホルスト国王の卑劣さを一番知っている筈だ。

なのにミカエラの話を聞いてくれて、皆にも説明する場を設けてくれるなんて信じられない事だった。

階段の上からでも解る。他の人達よりも恵まれた体軀《たいく》をしているイヴァンに、最初は怖いと思っていたくせに安堵《あんど》を感じる。きっと強い騎士なのだろう。そして敵であるミカエラの話を聞いてくれるぐらい優しい人なのだろう。

そっと視線をイヴァンから離そうとした時、見慣れた何かが視界を掠める。今のはなんだろうとミカエラが視線を戻せば、派手な馬具から隣国であるアーリンゲ王国の紋章だと解った。

イヴァンに顔を寄せているのはアーリンゲ国王クライヴ・フォン・アーリンゲだ。

どうして解ったかといえば、特徴的な甲冑のせいだろう。白銀で細身に作られた甲冑は細かい模様と紋章が彫金されており、隣のイヴァンと比べると酷く豪華なのが解る。

国王の為に造られた甲冑と一般的な騎士の甲冑を眺めて、本当に皆が話を聞いてくれるのだとミカエラは安堵の息を吐いた。

だって何事においても城伯よりも国王に全てが優先される。どれだけの被害を受けていても、ヴォーリッツ城伯よりもアーリンゲ王国に決定権があった。

そのアーリンゲ国王とイヴァンが話をしているが、話を聞いてもクライヴは動こうとしない。もしもイヴァンの話した内容に反対するのなら、クライヴは騎士を引き連れ剣を構えミカエラの前に来るだろう。

でも、クライヴは来ない。さっきまで戦っていた騎士達も静かに立っている。

ならば大丈夫と、ミカエラはベリンダに小さな声で告げた。

「ヴォーリッツ家の騎士、イヴァン・クラウゼヴィッツと名乗ってたわ……今のファーレンホルストの状況を聞いてくれるって」

話を聞いてもらえれば、ファーレンホルスト国王がどうしてこんな事をしたか解ってもらえるだろう。もちろん理由が解ったからといって罪が無かった事にはならない。

それでも理由が解ればベリンダや使用人達に危害が行く事は少ないだろうと、ミカエラは階下を見ながら苦笑した。

「まぁ！　そんな物わかりのいい騎士もいるんですね。では言われた通りに宮廷に客人を通す準備をいたしましょう」

「ミカエラお嬢様は皆様に説明をなさるんですから、少し身嗜《みだしな》みを整えてくださいね」

「……そうね」

階段の下にいるイヴァンを見つめるミカエラの手をベリンダは引っ張った。

# 第一章　優しさに触れて

ある所に豊かで大きな幸せの国があった。

誰もがその国に住みたがる。まるで夢のような国。街には音楽が流れ軽業師《かるわざし》や手品に見入り闘鶏《とうけい》を見ながら酒を飲み踊る。飢える事のない幸運は誰もが羨《うらや》む。

幸せだった。国王は優しく子宝に恵まれ、世継ぎとなる男の子が生まれた時には国民も喜び歌い踊った。

最初の女の子二人は他国に嫁ぎ、長男と次男は騎士になる。三女と四女も国王と王妃に似て美しく、我も我もと求婚が絶えなかった。

その幸せはいつまでも続くと思っていた。

いつまでもいつまでも、誰からも羨まれるほどの幸せが続くと思っていた。

でも、夢は夢のままでは終われない。

突然に悲劇は起きる。唐突にいきなり、突如として現れるからこそ悲劇は皆を飲み込んでいく。

あの優しかった王妃が、美しく淑《しと》やかな王妃が亡くなってしまった。

王妃を溺愛していた国王は泣き崩れ、国の政《まつりごと》からも離れてしまう。王族も家臣も使用人達も国民も一緒に嘆いていたが、余りに長い国王の悲嘆に周りは段々と混乱していった。

国王が指示してくれなければ何もできない。国として存在する事もできなくなる。ならばせめて国王の交代はどうだろうと思うが、王妃を亡くして泣いている国王の意見なしでは国民が認めないだろう。

でもこのままでは、他の国が攻めて来たら降参する以外の手がなかった。

どうしようか。どうすればいいのか。子供が慰めても駄目で、家臣が忠告しても無理で、親族が警告しても国王は悲しむだけだった。ただ寝室で泣くだけで誰の声も届かない。忠告も警告も嫌なのか、家臣や親族は国王の寝室にも入れてもらえなかった。

でもある日、皆が悩んでいると国王の姉が真摯《しんし》に宥《なだ》める。

優しく、時には厳しく、嘆く国王を包むように慰撫《いぶ》する。

幼い記憶が蘇るのか、幼い頃に戻ってしまったのか、国王は姉の言葉に導かれ皆の前に現れるようになった。

良かったと、皆が歓喜する。

溺愛していた王妃を亡くした悲しみを乗り越えたのだと喜び感極まる。

でも、どうだろう。国王の傍にはいつも姉が寄り添い、震える国王の手を握り皆の前で見つめ合って笑っていた。

まるで夫婦のような国王と姉に、親族も家臣も首を傾げる。もしかして不味い事になってしまったのではないかと、喜びよりも不安が押し寄せる。

もしかして、国王と姉の間に何かあるんじゃないかと、怯えにも似た不安が這い登ってきた。

こんな不埒《ふらち》な関係を国民に知られる訳にはいかない。

教会の教えで近親の関係は認められていない。人道に悖《もと》る関係を一国の王がしていると解れば、国民は国王を軽蔑《けいべつ》するだろう。軽蔑だけですめばいいが、暴動を起こされる可能性もある。

幾ら国王を立ち直らせたといっても、いい顔をできる訳がなかった。

政を行い、姉と一緒に眠る。どこに行くにも姉の手を握り、寄り添い仲良く目を合わせて笑う。

ギリギリの精神を姉の存在で支えていたのだろう。

ギリギリの精神で国の事を考え、千切れそうになる心を姉に繋げてもらう。姉に抱かれて眠る夜が無ければ、王は立ち上がる事すら無理だった。

だが、それはいけない事だ。

教会が認めていない不身持ちで不道徳な事であり、国民も王族も家臣も子供達でさえ望まない関係だ。

だから、もしかしたらと考える。

姉などいなくても大丈夫かもしれない。国王を立ち直らせてくれたのは姉かもしれないけど、今は不品行な姉など国には必要なかった。

せめてもう少し、国王の姉が国民に知られてなければ良かったのかもしれない。

姉と弟の関係だと知られていなければ従姉弟だと言い訳もできた。せめて嫁ぎ先から帰ってきてすぐならば国民は姉だと気付かなかったかもしれない。

でも、姉は姉で、国王は弟だ。姉弟であり、血の繋がった関係だった。

教会が許さないだろう。国民の道徳心が許さないだろう。国の土地や財産を守る為に近親婚は多々ある事だが、教会に言い訳できない一親等や二親等での結婚は無理だった。

ならばいつまでもこうしていられる訳もない。そろそろ国民も気付く時期で、これ以上不道徳な関係を黙認しているのは不味い。

だから、ある日の事。

とても天気のいい日だった。

そう、何でもない日だった。

太陽が眩しく木々もキラキラと輝き揺れ、爽《さわ》やかな風が頬を撫でていくような日だった。

姉が家臣に呼び出される。ベルクフリートに、戦いの最後の砦《とりで》である何もないベルクフリートの下に、用がなければ誰も行かない場所に呼び出された。

姉が呼び出されたのを知る者は少ない。誰に呼び出されたのかを知る者は少ない。

そして王が知ったのは姉がベルクフリートから飛び降りたという話だけ。飛び降りる所も、飛び降りた後も、飛び降りた後の亡骸《なきがら》も、王は知らない。

それから、この国は狂った。

「……これが、今までの話です。父が、国王が、戦いを始めたのは政をしていたんだと思います。ずっと家臣達に、敵が攻めてきたらどうするんだと、言われていたから」

それが本当の理由なのか今となっては解らない。もう理由を聞けなくなってしまったけど、どんな理由があっても許される事ではない。

だって国王は、宣戦布告もせずに他国に奇襲をかけた。

本来ならば領土を広げる戦にも掟《おきて》がある。

防衛の要になる城を落とす時は、その城まで出向き宣戦布告をする。使者が出向き口頭で宣戦布告をするか、文書で宣戦布告をするのが礼儀だった。

それは掟であり常識であり礼儀だというのに、ファーレンホルストは自慢の軍事力で他国に奇襲をかける。最も卑劣な戦に家臣や親族が慌てたが、王を止められる者は誰もいなかった。

まるで自ら消滅したいというように過酷な戦いを挑む。

自国の領土を広げたいというよりは、ただ戦うだけの戦いに国民が逃げ出す。他国に嫁いだ姉達は狂気に満ちた国を捨て、有能だと言われていた家臣も国王の親族も一人一人と消えていった。

「伯母が亡くなってから……父とは顔すら合わせていません」

幸せの国と呼ばれたファーレンホルスト王国は、もうない。

跳ね橋は下りたまま鎖を切られたのか、二度と引き上げる事はできないだろう。城を囲むように造られた涼しげな水堀も泥や石が投げ入れられ、その近くには外壁を崩す為の投石器などが置かれている。

パラス前にある庭園は見るも無残で、剣や槍が突き刺さり亡くなった方までが転がされ、いつも香る花の匂いの代わりに血生臭い臭いが充満していた。

「国王がどうして隣国を襲ったのか、盾仲間であるヴォーリッツを襲ったのか……お二方を選んだ理由はきっと誰も知らないと思います」

それでも幸か不幸か、王宮のあるパラスの中には入られていない。

昔と比べれば薄汚れた雰囲気があるが、それは王に愛想を尽かした使用人達が城から出ていってしまったからだ。

大勢いた各所の使用人達が減り、食事も掃除も洗濯も今まで通りにはいかない。今まで想像もしなかった恐怖と緊張の連日で生き延びる事だけで精一杯になる。

だが、宮廷に人が入るとなれば、城に残ってくれた使用人達は頑張った。

ただの客ではない。本来こちらが出向かなければいけない人達が来る。自分達は被害者だと思っていたが、今日の客人は更なる被害者だ。

自分達は被害者だと思っていたけど、今日の客にとって自分達は加害者なんだと皆が理解していた。

せめて心だけでも、持て成したい。

でも王宮である大広間は掃除もしていない。誰も見ずに使う事のない場所を掃除する余裕もない。それでも客人が来るのならと、ファーレンホルストの使用人達は早々と掃除をして多目に飲み物や食べ物をテーブルに並べた。

使用人の人数が少ないのだから、もちろん大した物は並べられない。

小麦を碾《ひ》いたりパンを焼く暇もないから、作り置きしておいたビスケットにチーズと燻《くん》製《せい》肉を出す。ドライフルーツやリンゴやプラムの砂糖漬けとクレープと、ヒポクラスとワインを並べた。

「……姉二人と妹は他国に嫁いでいます。兄二人は国王の命令で戦に参加して……今は、二人共、行方不明です」

「ゆ、行方不明だと？　本当かよ？」

国王が戦場に自ら赴いた訳ではない。

国王は自室に篭り、ただ戦場へ指示を出すだけだった。

戦場で指揮を執っていたのは国王の執事で、国王に絶対の忠誠を誓っていたからこんなにも酷い結果になったのかもしれない。しかもファーレンホルストから送る国王の指示は、金で雇った伝令が伝えたから苦言も言えず指示の内容に従うしかなかったのだろう。

何より恐ろしいと思うのは、国王は身の回りの世話を戦いに出ている執事の妻アマーリア一人にやらせていた事だった。

他の誰も国王の寝室に入れない。まだ子供達ならば止めてと言えたかもしれないが、国王は何を思ってか子供達ですら自室に入れない。

それで何もできないと皆で諦めていた頃に、国王がベルクフリートに入ったと叫ぶ声が聞こえてきた。

ならばアマーリアはどうしたのか。国王の身の回りの世話を一人でやっていたアマーリアは何をしているのか。使用人達の半分はベルクフリートを見張り、半分は国王の寝室に向かいアマーリアの亡骸を見つけた。

「……はい。兄二人も、戦いの指揮を執っていた国王の執事にも連絡がありません」

「はぁ!?　本当かよ……」

目立つ傷もないアマーリアがどうして亡くなったのか解らないけど、きっと国王が原因だと誰もが解っている。何もないと知っているベルクフリートに国王が逃げたから、城の中でも怯えた声が上がった。

ベルクフリートに逃げるぐらいだから、きっと近々何かが起きる。恐怖と緊迫感が襲ってくる日常に、ミカエラは使用人達もパラスで寝泊まりして欲しいとお願いした。

本来ならば使用人達はパラスで寝泊まりする事はできない。パラスとは王宮である大広間と王族が暮らす為の居館だったが、この状況ではそんな事を言っている場合ではなかった。

「じゃ、じゃぁ、国王は？　国王はどうしたんだよ？」

「国王である父は……ベルクフリートにいます。梯子《はしご》を中に入れてしまったので別の梯子を作り様子を見に行ったんですが、扉に鍵がしてあって……」

想像だけで怯える日々が続いたせいか城に乗り込んできた大勢の騎士を見て、恐ろしい事なのにどこか安心する。

母は亡くなり父はベルクフリートに逃げ兄二人は帰ってこない。安全に逃がす為に唐突に決めた嫁ぎ先で妹はどうしているか解らない。

でもこれで終わらせる事ができる。ようやくお終いにできるのだと、ミカエラは肩の力を抜いて皆を見た。

「……それじゃ、国王はベルクフリートにいるのかよ」

「はい……で、でも、ベルクフリートに行って……十三日目になります」

城に残ってくれた使用人達は無事だった。ベリンダも兄達の乳母も、ミカエラの為に残ってくれた使用人達は無事だった。

ならば、もういい。

ミカエラはファーレンホルストの王女として争いを収める為ならば、父の代わりに処刑されてもいい。

それだけの事をした。

自分ではなく父がした事でも、娘である自分が許されるとは思っていない。どれだけ酷い事をしたのか解っている。

なのに皆ちゃんと話を聞いてくれた。敵であり被害者でもある人達が、ミカエラの話を静かに聞いてくれた。

戦いで城を追われたヴォーリッツの人達も質問しながら話を聞いてくれる。主君を卑劣な手で殺されたイヴァンは何も言わずに下を向いているが、ミカエラの言葉を最初に聞いてくれた人だ。

しかもアーリンゲ国王クライヴですら黙って話を聞いてくれた。

ファーレンホルスト王国の隣に位置するアーリンゲ王国。

この戦いの勝者であり、全てを終わらせる事ができる唯一の国だ。

隣の国だからミカエラはクライヴとパーティーで何度か会っている。国王になる前は長かった黒茶の髪も、今はギリギリ後ろで纏《まと》められる程度まで切られている。

まだ若いせいか先代国王のような威厳はなく、騎士としては細い身体だが長身で切れ長の目がキツイ印象を与えた。

国としての付き合いがあるから、子供の頃からの付き合いといってもいいだろう。

幼い頃のミカエラの記憶はないが、乳母であるベリンダはクライヴの小さな時を知っている。あの場所で転んだとか、怒られて泣いていたとか、知られているからクライヴもやり難いのか苛々《いらいら》とした態度を隠そうとしない。

クライヴは自分の頭を掻きながら、初めてミカエラに問い掛けた。

「それで？　ベルクフリートから出た形跡はないのか？」

「はい……庭師の方が残ってくれて、父が出て来ないか見てくれてます」

国王がベルクフリートに入ったと解ったのは、本当に奇跡のような偶然だった。

豊かなファーレンホルスト王国の城は権力を見せ付けるように広い。広い敷地の周りには人工の水堀があり、外からは外壁しか臨めない。高い外壁の次に同じ高さの内壁があり、その中に庭園や礼拝堂やパラスがある。

ベルクフリートは、外壁と内壁の間にあった。

もちろん内壁に囲まれた城や庭園や礼拝堂のある場所からは行けない。しかも跳ね橋のある門から左側に行かないとベルクフリートの入り口はない。

兄の乳母は偶々《たまたま》ベルクフリートの近くにある小屋に碾いた小麦を取りに行って、奇跡的に国王がベルクフリートに入ったと知った。

その小屋には小麦や保存食の他に、畑を耕す道具や庭を手入れする道具がある。自分達の仕事道具があるから、ベルクフリートの見張りが庭師になった。

「俺です。俺と弟子のコイツ等と四人で交代で見張ってたから間違いないです。今も一人ベルクフリートの前で待ってます」

庭師が言えば、皆が顔を顰《しか》める。

何か言いたいのに上手く言えない。聞きたい事があるのに、どうしてか詳しく問い詰める事ができない。そんな焦れた顔をしている。

「しかし、ベルクフリートは元々篭城《ろうじょう》する為に造られているんじゃないか」

「十三日ぐらいなら余裕で暮らせるよな？」

「そうだよな、ベルクフリートはそういうもんだ」

ぼそぼそとヴォーリッツの人達が話している通りだったが、ファーレンホルスト王国でのベルクフリートとは見張り台でしかなかった。

大国の権威にかけて篭城する予定などない。軍事力も高く城は防衛力に優れているのだから篭城する前に結果を出す。本当なら篭城する為の食料や水を確保する場所は牢獄となり、檻《おり》や鎖だけが存在していた。

だからこそ、ベルクフリートに国王が入って皆は唖然とする。

縄梯子まで引き上げてしまうなんて、一体国王は何がしたいのだろうか。水も食料もないというのに篭る心情が理解できなかった。

だが呆然としている場合ではない。慌てて普通の梯子を繋げて中の様子を見る。狭い通路の先にある扉を叩くと鍵がかかっていると解る。

鉄製の重い扉の鍵をかけられてしまえば、金槌《かなづち》や斧《おの》や鋸《のこぎり》があっても意味をなさなかった。

「いえ、うちのベルクフリートに食料は何もないんです。水さえも……」

「え?」

「……はぁ?」

当たり前だがベルクフリートの扉を開けるのは難しい。元々は戦いの最後の最後に篭城する為のものだから、簡単に扉を開けられたら篭城する意味がない。

食料や水が尽きるのを待って出て来た所を捕まえるか、怪我人や死者を出す覚悟でベルクフリートを崩壊させるしかなかった。

だから国王に責任を取らせようとしても難しくなる。ベルクフリートから引き摺《ず》り下ろす手段がなければ無理としか言いようがなかった。

「おいおい、ちょっと待てよ……食料も水もないベルクフリートに、自分から閉じ篭ったのか？」

「……はい。ですが、もしかしたら……何か持っていたかもしれないです」

「持って行くったって限界があるだろうよ」

ヴォーリッツの皆が言う通りだ。

縄梯子を上らなければならないのに、何かを持っていたとしても大した量を持ってはいけない。何度かに分けて持っていけるぐらいなら、国王がベルクフリートに篭る前に見つける事ができただろう。

ベルクフリートの中で亡くなっているかもしれない。

もしも亡くなっていたとしても、扉が開かなければ確かめる術もない。

「……国王の生死の確認はできませんが、ここにいない事は事実です。ですから私は城に残りました。責任を取る為に」

「いや、そうじゃない。そうじゃねぇだろう……」

呆れたような困惑したような声を出すクライヴに、ミカエラは冷たくなった手を握り締めそっと目を閉じた。

この卑劣な戦いは、ファーレンホルスト王国の国王が始めた。

戦いの理由を言えば、国民全てが納得していなかったと解ってもらえると思う。全ては国王の一存で始まり、誰も助言していないし誰も望んで加担していない。

家族親族でさえ納得していない。国民や使用人にいたっては、いきなりの戦いでどうしていいか解らなかっただろう。

皆が進んで戦っていた訳ではないと、使用人達が城に残っていたのはミカエラを守る為だと、それを解って欲しかった。

「国王がベルクフリートに入ってから、ずっと出入り口を見張ってます……きっと父は、国王は出て来ないでしょう」

国王が逃げたファーレンホルスト王国。

責任を取れるのは、唯一残った王族のミカエラだけ。

閉じていた目を開いたミカエラは、自分を罰する事ができるクライヴを見つめて静かに言い切った。

「ですから、私が責任を取ります。ファーレンホルスト王国の起こした全ての責任を」

その為にミカエラはここに残っている。

使用人達にはできない事をする為に、ミカエラしかできない事をする為に、死を覚悟して城に残っている。

終わらせなければならない。

この戦いだけは終わらせなければならない。

「使用人達に罪はありません。全ては父の、延いてはファーレンホルスト家の責任です」

ファーレンホルスト王国の国王の乱心で、一番混乱したのは国王に身近な人達だった。

戦いの指揮を執らされた国王の執事に、望まない戦いに出た長男と次男。四女である妹は、本来ならば顔を合わせる事もない国に嫁ぐ事で逃げるしかない。執事の妻のアマーリアは夫の死も知らずに亡くなってしまった。

だから、全ての悲しみを知っているからこそ、ミカエラは国に残った。

父の気持ちが解らない訳ではない。確かに父にとっての妃《きさき》であり自分達にとっての母が亡くなった事は悲しく辛かった。仲のいい夫婦だったから辛さも解る。

でも、その後の話になれば、言い訳など聞きたくもなかった。

実の姉とどんな関係になっていたのか知らないが、国王は妃が亡くなってから子供達に顔を見せる事もなかった。話をする所か姿さえ見せない。王と王の姉が寝室に向かうのを妹が見つけてしまい、城に残った子供達は二人の関係に気付かないふりをした。

だが、きっとまともな関係ではない。

教会の教えでは近親での関係を認めていない。その教会の教えを守るように言ったのは父なのに、どうして姉と一緒の寝室を使っているのか。忌まわしいと汚らわしいと誰もが思っていたが、流石に家臣のした事は浅はかだった。

妃が亡くなり、次いで支えていてくれた姉が亡くなる。

二度の悲劇を乗り越えられなかった国王を、擁護する言葉はミカエラも持っていない。だから残った。誰も責任を取らずに終われる筈《はず》もない。誰かが責任を取らなければならないから、誰も残ってないからミカエラがいる。

責任を取ると言い切ったミカエラに、暫《しばら》く首を傾げていたクライヴが冷ややかに言った。

「……長男と次男は戦に出たんだよな？」

「はい」

「で？　三女の前に四女が結婚して城を出たと？」

ひくりとミカエラの喉が鳴る。冷や汗が背中に流れる。きっと誰でも解るだろう。三女であるミカエラの前に四女が嫁げば、それは逃亡だと誰もが解る。

でも、逃がしたかった。十三歳の妹に何ができるというのか。自分勝手な思いだと解っていても妹だけは生き延びて欲しかった。

「……四女の、妹は私よりも、綺麗で、だから、求婚があったんです」

「ほぉ？」

「十三歳なんです……妹は……だから……」

小さな声でミカエラが言い募れば、クライヴは大袈裟《おおげさ》な溜め息を吐いた。

眉を寄せ苦い顔をしている。癖《くせ》なのか組んだ脚を苛々としたように叩いている。その姿を静かに見て、クライヴの肩を叩くのは彼の側近なのだろう。

側近に窘《たしな》められても苛立ちは収まらないのか、クライヴは苛々とした雰囲気を隠さずにミカエラに聞いた。

「じゃぁ、家臣か騎士はいないのか？」

「今、私の為に残ってくれているのは、乳母と使用人達だけです」

「親族は？　子供だけじゃなく！」

「……次男の次に長男が戦いに出て、兄達が城を出た時には城から消えてました。みんなどこに行ったのか解りません」

「っち……」

舌打ちするほど苛々する気持ちは、原因であるミカエラにもよく解った。

怒りの行き場がないのだろう。本当の原因である国王はベルクフリートの中で、手を貸したかもしれない家臣もいない。次期国王の長男もいなければ、親族ですらいない。

「でも、だから……だから私が残ったんです。もう子供ではありません。国王が責任を取れないというなら、私が全ての責任を取ります」

「いいからっ……ちょっと黙ってろ」

少し大きな声で言われて、ミカエラの肩は小さく震えた。

皆の気持ちは解る。苛々する気持ちも解る。でもだから自分が責任を取ると言っているのに、どうして頷いてくれないのだろうか。だって国王は帰ってこない。もう誰もいない。

こんなこと絶対に口には出せないけど、本当はベルクフリートを壊して欲しかった。壊して崩して国王の亡骸を見付けて、そして国王に全ての罪を償《つぐな》って欲しい。ファーレンホルスト王国の国王として、この意味のない戦いを始めた者として、独りで罪を償って欲しい。

だけど、解っている。

ベルクフリートに篭った国王を引き摺り出す事も、国王に全ての責任を取ってもらう事も、できないと解っているからミカエラは唇を噛んだ。

だって無理だろう。無理だからミカエラは城に残っている。

もしかしたら国王はベルクフリートで亡くなっているかもしれない。だけど亡骸を確かめるだけでも多くの時間と費用がかかり危険さえ伴う。既に落ちた国のベルクフリートを壊しても何の意味もなさないし大変なだけだった。

「……とりあえず。俺達はアーリンゲに戻る。いいな？　ヴィリー」

「クライヴ様。国王に相応しい言葉遣いをしてください」

「いいじゃねぇか！　ったく……コレ、どうやって説明すりゃいいんだよ」

呆れたようにクライヴは言うが、きっと誰もが同じ感情を持っていた。

余りに後味の悪い話だ。

諸悪の根源はベルクフリートの中でどうなっているか解らない。兄弟姉妹も家臣も騎士もいなくなったファーレンホルストで、唯一の王族であるミカエラにどんな罰を与えればいいというのか。十六歳のミカエラに一体どんな罰が相応しいというのか。

確かにこの場ではミカエラに責任があるだろう。

だがミカエラも被害者である事は確かだった。

「国に帰って親父に相談する。引退したって、国民にしてみりゃ親父が王だろうよ」

「クライヴ様……」

幾らミカエラが覚悟していても、話を聞いてしまった皆は後悔するだろう。

周りの人達の顔を見れば解る。苦い物を飲み込んだような顔をして、小さな声でぼそぼそと話し合っている。

でも、そこまで考えてなかった。ベルクフリートに篭った国王の話をして、使用人達には罪はないと言って、戦いをファーレンホルスト王国を全てを終わらせようと思っていた。卑劣な戦いを挑んだのに、傷付いた人だって亡くなった人だっているのに、事情を話したぐらいで同情されるなんてミカエラは思ってもなかった。

「アーリンゲ王国に加担してくれた騎士団は、ここファーレンホルストに来る前に帰っている。俺は帰って親父と騎士団の連中と話をする」

「国王の命令と思って宜しいですね？」

ヴィリーが静かな声で確かめれば、クライヴは肩を竦《すく》めて笑った。

周りも少しだけ安堵の息を吐く。それは今すぐここで何か起きる訳ではなく、冷静に罪の行方を考えるという事だろう。

もちろんファーレンホルスト王国の使用人達や、ミカエラですらゆっくりと身体の力を抜いて緊張を解いた。

「後は、そうだな……イヴァン、お前はどうだ？　ヴォーリッツと使用人達、それにお前が一番の被害者だろ？」

「……………」

クライヴの言葉に皆が一斉にイヴァンを見る。

だが名前を出されたイヴァンは、眉を寄せて短い茶色の髪をガシガシと掻いた。

確かにヴォーリッツ家の城から来たイヴァンが一番の被害者だろう。宣戦布告をせずに戦いを挑んだファーレンホルストだったが、その卑怯な作戦に騎士は躊躇し本気を出せずアーリンゲ王国に負けている。もちろんアーリンゲ王国も無事ではない。王族に被害がなかっただけで、騎士は何人か被害を受けている。

しかしイヴァンの主君であるカルステン・フォン・ヴォーリッツは討ち取られていた。

「カルステン様の仇討ちだった……ヴォーリッツの城にいた皆でここに来て、今の話を聞かされて、どうすればいいかこっちが聞きたい」

「だよなぁ……」

イヴァンの声に涙を浮かべるのは、ヴォーリッツの城にいた者達だろう。

零れてくる囁きからヴォーリッツ家の城主夫妻に、遅くにできた大事な一人息子が亡くなったと知る。騎士になったばかりの息子がファーレンホルストの軍団に突っ込んでいき、庇《かば》った城主夫人と城主が大きな怪我を負った。

誰も助ける事ができない。水の一杯もあげられなくて、ただ弱り細くなる息を見届けるしかできない。

ファーレンホルストの軍団を城から追い出したイヴァンが見たのは、既に声も出せない主君と目を開けない王妃の二人だった。

これでもうヴォーリッツ家の再建は不可能だろう。

ヴォーリッツの血は途絶えてしまった。

「もうヴォーリッツの城には戻れない……井戸に毒を投げ込まれたからな」

「周りに川とか……ああ、なかったな」

「うちの城は地下水のみだ。まぁ、どれほどの量を入れたのか知らんが、一旦井戸を埋めて掘り直すしかないだろう」

深い溜め息にミカエラの胸が引き千切られそうになった。

城を落とす為に飲み水に毒を入れるのは卑怯ではなく戦略といえる。しかし奇襲をかけ、盾仲間である城主と妃と子を亡き者にした後では酷い仕打ちに見える。

今更だけど本当に酷い事をしたんだと飲み込めて、少しだけミカエラは後ろに下がった。

「そうだな。じゃぁ、コッチの話し合いが終わるまで、イヴァン達はココにいればいいんじゃねぇか？」

「いればいいと言われてもな……この状況で他の国が放っておくか？　領土を狙う輩が現れれば戦いになる。こちらの兵は騎士ではないし、疲れているから無理だな」

衰退したファーレンホルスト王国を見逃す手はないと、豊かな土地を他国が狙ってくるかもしれない。そうなった場合、この城には騎士であるイヴァンと使用人達しかいない事になる。

攻め入る騎士に勝てるだろうか。いや、その前に剣を持つ事すら難しいだろう。

「ファーレンホルストに奇襲をかけられたのは、俺達だ。この戦いもファーレンホルストの領土も、俺達に権限がある」

「……そういうが」

「大丈夫だって。こっちは騎士団を引っ張り出したんだ。他の奴等が便乗して攻めてきたら、どうなるか解ってるって」

言い切ったクライヴにイヴァンは眉を顰めた。

きっとこの城にいたくないのだろう。気持ちは解るけど、それしか方法がないとミカエラだって想像できる。

元の土地に戻るにしても、疲れた身体で何日もかけて帰る訳にもいかない。ここに来るまでは怒りと使命感で乗り切ったかもしれないが、本来ならファーレンホルストの城からアーリンゲ王国に行くよりもヴォーリッツの城は遠かった。

それに帰ったとしても城の水は使えない。もしかしたら地下水は田畑を枯らし、近隣の水が駄目になっている可能性もある。

しかも城での戦いからこちらに向かい、かなりの日数が経っていた。

「……しかし」

「差し出がましいようですが」

今まで台所の近くにいたベリンダが、イヴァンとクライヴに近付いてくる。

クライヴの意見に賛成なのか、使用人達に目配せをしながら通る声で言う。

「ヴォーリッツからいらした皆様一人一人のお部屋は用意できませんが、この城の客室はとても広いので数人で使う事ができます。それで宜しければお泊まりください」

ベリンダはイヴァンとクライヴに頭を下げてから、台所にいた使用人達に目配せをした。

もうベリンダは見ていないのに、使用人達は頷きながら方々へ散る。きっと言葉の意味を汲み取って、客室の掃除に行ったのだろう。

使っていなかった部屋は窓を開ける事すらしていない。部屋の中がどうなっているのか、埃っぽいだけならいいが何かなくなっていれば困る。部屋に客を入れるのなら、せめて窓を開けて掃除をして布団を換えなければならなかった。

そう、使用人達がどこに行ったのかミカエラには解っている。頭の片隅では使用人達が客室の掃除に行ったのだと解るのだが、ミカエラはぼんやりとしてしまう。

状況を考えればこの提案も使用人達への采配《さいはい》を振るうのもミカエラの役目なのに、イヴァンとクライヴに話しかけるベリンダを見るしかできない。

「ただ、私達の城も使用人が減っているので、大したお持て成しはできないかもしれません。申し訳ありません」

ベリンダがヴォーリッツの使用人達を見てから頭を下げれば、ざわりと小さな話し声が重なった。

ヴォーリッツの使用人達が何を話しているのか解らないけど、悪い話ではないのかもしれない。困ったような顔をしているが、怒った顔をしている人はいない。ミカエラには聞こえなかった話が纏まったのか、一人の男の人が立ち上がってイヴァンを見た。

「イヴァンの旦那、ココに泊まるんなら俺は手伝いたいんだけどいいか？」

「私も……洗濯と掃除ならできます」

「そうだよなぁ、結局俺達はココに来ただけだもんなぁ……」

ヴォーリッツの城で暮らしていた人達は城主の仇《かたき》討ちと勢い込んできたが、戦いはアーリンゲ王国の騎士と騎士団が主だった。

庭師やメイドやコックが普通の戦いに参加できる訳もない。今回は本当に特殊で、城主の仇討ちという事で皆が城から出て来ていた。

そんなヴォーリッツの人達の声にミカエラは我に返る。

本当なら一番の被害者であり一番怒っていい筈の人達が手伝ってくれると言うのに、この城の主となってしまったミカエラが黙っているのは不味《まず》い。

「あの、宜しければ……事が収まるまでこの城にお泊まりください」

慌てて一歩前に出たミカエラが言えば、少し離れた所でベリンダも頷いていた。

でもイヴァンは渋い顔をしている。元の場所には戻れないと解っていながら悩むのは、やはりこの城にいたくないのだろう。

「……全ての事はベリンダに任せれば大丈夫です。この城の全てを知っていますから」

「しかし、だな……」

自分の主君を亡き者にした男の城であり、窓から見えるベルクフリートには憎い仇がいると解っている。しかも仇の娘が目の前にいるのだから、城にいたくないのも解った。

それがどれだけ辛い事なのか。仇の影が残る場所にいる辛さなど、ミカエラには想像もできない。

「……私はクライヴ様と一緒にアーリンゲ王国へ行きます。この戦いを終わらせる為に城に残りました。逃げるつもりはありません」

元々自分を守ってくれていた使用人達が助かれば良かった。

その為にこの城に残っていた。

クライヴの言う通り、今がチャンスと他国が攻め入ってくる事はないだろう。でも絶対ではない。もしも他国が攻めてきた時にイヴァンがいれば、残ってくれた使用人達も安心だと思う。

「ベリンダと……ファーレンホルストの使用人達を、お願いします」

ミカエラがイヴァンに向かって頭を下げれば、クライヴの慌てた声が聞こえてきた。

「おいおい、俺はお前を連れて行く気はねぇぞ？」

物凄い勢いで言われてミカエラは目を丸くする。何を言っているのか、ミカエラを捕虜《ほりょ》として連れて行かなければクライヴが疑われる。

戦いの原因である国王はベルクフリートの中なのだから、事実上この戦いは何も終わってなかった。

「……国に帰った時、クライヴ様はどう説明されるのですか？　城に残っていた王族がいるのに、連れて行かなければ匿《かくま》ったと疑われても仕方のない事ですよ」

簡単で複雑な事情があるとしても、戦いの責任を取る事ができる者がいるのは事実だ。

それを知っていながら連れて行かなければ何を言われるか解らない。もしかして逃がしたのかと疑われると、ミカエラが言えばクライヴは眉を寄せて酷い顔をした。

「……解った。イヴァン、頼む」

「……なんだ？」

「お前がファーレンホルスト王国の王女ミカエラを見張っとけ」

唸るように言うクライヴにイヴァンの顔も歪んでいく。

だけどイヴァンよりもミカエラの方が酷い顔をしていた。


アーリンゲ国王と側近が帰れば、宮廷の中にはファーレンホルストの使用人達とヴォーリッツの使用人達にミカエラとイヴァンしかいなかった。

アーリンゲ国王の命で庭園で待っていた騎士達も帰るからほっとする。もちろん全員を宮廷に入れる事はできたが、人数が多くなれば面倒な事が増えるだけだろう。

大勢に聞かせる話ではない。目の届く範囲にいる人にしか聞かせられない話だ。

あまりの話にすぐに帰って相談するとクライヴは言っていたが、どう話せばいいのかと眉を寄せている。とにかく早く帰ると出て行ったが、アーリンゲ王国とファーレンホルスト王国は馬で半日以上かかった。

一刻でも早くこの戦いを終わらせなければならない。その為にはどう終わらせるのか決める必要がある。

それだけ悲惨な戦いだった。他国も注目する戦いだった。

特に騎士ではない使用人達の緊張はどれ程のものだったのか、アーリンゲ王国の人達がいなくなれば気が抜ける。客室の用意をしていたファーレンホルストの使用人達も、手伝いをしていたり休んでいたヴォーリッツの使用人達も安堵した。

慣れない移動に、慣れない戦い。終わってはいないのかもしれないが、使用人達にとって終わったも同然だろう。身体の疲れよりも神経の緊張が酷かったせいか、安心すると奇妙な高揚感を感じる。

だからなのか、お互いが敵同士だったというのに理由を知ったからか、ファーレンホルストとヴォーリッツの使用人達は挨拶から始めて話をするようになった。

何を喋るのでもなく、ただ怖かったとか凄かったとか曖昧《あいまい》な話なのに何故か盛り上がっている。アーリンゲ国王が手を出さなかったビスケットやチーズを抓《つま》み、リンゴやプラムの砂糖漬けの味が違うとはしゃいでいる。掃除をしながら客室の凄さに驚き、家具や敷物の豪華さの説明を聞いて笑う。

それでも時間が過ぎれば客室の用意も終わり軽食の片付けも終わった。

「今家の使用人が部屋の用意をしていますが、皆様はお着替えなどはお持ちではないですよね？　宜しければそちらも用意いたしますがどうしましょうか？」

皆がもう一度宮廷に集まってから、ベリンダが何着かの服をテーブルに並べる。ヴォーリッツの女性達から歓声が上がり、服を持ち上げ嬉しそうにしていた。

だがヴォーリッツもファーレンホルストも男性達は興味がないのか、ヒポクラスに入れるスパイスの話や庭園の庭仕事の話などをしている。でも服の話で盛り上がっている女性達を見て、自分達の服の汚れ具合が気になったのか男性達も腰を上げた。

「あ～、もし良かったら、風呂を貸してもらえませんかね？」

「埃《ほこり》と泥は落としたいよなぁ」

「私も！　私もドレスを着る前にお風呂に入りたいわ！」

ヴォーリッツから馬や馬車で来た者達は、何もしなくとも埃っぽくなってしまう。それこそ何も持たずに着の身着のままで来て、野宿をしながらここまで来たから風呂に入りたいと言う。

「では皆様の為にお風呂を入れましょう。こちらの宮廷の下にパーティーができるお風呂があるんですよ。ただ、力仕事の男衆が少ないので、少々時間がかかりますが……」

「じゃぁ、俺が手伝おう。そんな広い風呂は見た事ねぇからな」

「え？　湯船を使うんじゃなくって、お風呂のお部屋があるんですか？」

「ええ。五百人は入れるお風呂なんですよ」

ベリンダがニコニコと答えれば、ヴォーリッツの人達は嬉しそうな歓声を上げた。

そんなに大きな風呂が珍しいのかとミカエラは首を傾げるが、周りの声で他の城には大きな風呂がないと解る。自分の部屋で風呂に入る時のように、湯船を持ってきて湯を入れ湯浴みするだけらしい。

「イヴァン様はどうなさいますか？　もし宜しければお部屋へ案内しますが」

「……そうだな。一度ベルクフリートを見てくる」

アーリンゲの国王が帰ってから、誰とも話さずワインを飲んでいたイヴァンはグラスを置いて立ち上がった。

そのまま宮廷の外に出ようとしたイヴァンを、ベリンダは目を見て前に立ち塞がる事で歩みを止める。にっこりとイヴァンに向かって笑い、そしてベリンダはミカエラを見て微笑んだ。

何だろう。こんな風にベリンダが笑う時には余りいい事がなかったと、ミカエラは少しだけ身構える。だって自分には関係ない事だと思う。風呂を沸かす用意ができる訳でもなく、今まで通りに部屋で待っていた方が皆の邪魔にならない。

最初は皆の手伝いができなくて悔しかったが、手伝わない方が手伝いになるのだと解ってからはミカエラは素直に部屋で待機していた。

「では、ミカエラお嬢様」

「どうしたの？　ベリンダ」

「お嬢様は、イヴァン様をベルクフリートまで案内してあげてください」

「え？」

確かにベリンダの言う通りなのかもしれない。

ファーレンホルストの城を知らなければ、初見でベルクフリートの入り口まで行く事はできないだろう。

だけど、どうして自分が案内しなければいけないのか。口で言えば解る事なのに、どうして一緒に行かなければいけないのかとベリンダを見る。

口に出す事はできないけど、余り二人きりになりたくない。ヴォーリッツに国王が何をしたのか、知ってからイヴァンと二人きりになるのは嫌だった。

背が高く屈強な体躯《たいく》を持つ騎士。

ヘルメットは外しているけど甲冑《かっちゅう》は着たままで、騎士としての威厳と威圧感をイヴァンに与えている。

ミカエラが初めてイヴァンを見た時、凄く怖かったのを覚えている。もちろん今は怖くないけど、それでも二人きりでベルクフリートに行くのは怖かった。

「……私が？」

「私達はお風呂の準備と食事の準備をするんですよ？　ヴォーリッツの皆様は優しい方ばかりで、お手伝いしてくださると言ってますし。ぜひイヴァン様をベルクフリートへ案内してください」

ベリンダに捲《まく》し立てられて、ミカエラは眉を寄せて俯く。

確かに自分は何もできないのだから、ベルクフリートへの道案内をした方がいいと解っている。だけど怖いから嫌だなんて言えないし、言ってはいけない言葉だろう。

だって怖いなんて言うのは失礼だ。

自分の父が犯した罪を知ったからといってイヴァンを避けるのは非礼でしかない。自分が怖いから二人きりになりたくないなんて被害妄想でしかない。

本当に失礼な事をしているのだと、ミカエラは唇を噛みながら顔を上げてイヴァンを見つめた。

「……ご案内させていただきます」

随分と顔を上げなければ目を合わせる事もできない。少しでも顔を下げれば鈍く銀色に光る甲冑が目に飛び込む。

そういえば、どうしてまだイヴァンは甲冑を着けているのだろう。

戦いの途中で話し合いになってしまったから最初は甲冑を脱ぐ暇《ひま》はなかったけど、アーリンゲ王国の人達が帰ってからは時間があった筈だ。

兄達が甲冑は重いと言っていたが、イヴァンは重くないのだろうか。ここからベルクフリートまで少し距離があるから、先に甲冑を脱いで着替えた方がいいような気がする。

「あの、先にお着替えをしますか?」

「……いや、このままでいい」

静かに答えるイヴァンの瞳を見て、震えそうになったミカエラは気付かれないように拳を握った。

どうしてイヴァンが怖く感じるのか、なんとなく答えを知った気がする。

騎士としての堂々たる威厳と圧迫感に、騎士として羨ましがられるほどの体軀のせいだと思っていたけどそれは違う。

低く静かな声と、冷たく射るような青い瞳。

無表情なのに強面にみえるのは、どれだけの修羅場《しゅらば》を潜り抜けてきたのか。響く声は鼓《こ》膜《まく》を揺さぶり緊迫感を与え、何を考えているのか解らない恐怖があった。

きっと執事としてならば、安心するのだろう。自分を守る騎士ならば、心強く感じるのだろう。

でも、イヴァンは味方ではない。

そして、敵ですら、ない。

イヴァンは被害者で、自分が加害者の関係だった。

「では、ご案内します……」

ミカエラ自身がイヴァンを傷付けた訳ではない。だけどミカエラの父がイヴァンを傷付けた。

だから怖いと感じる。

怒られると思っているから怖い。詰られても仕方がないと、責められても仕方がないと、殺される立場だから恐ろしく感じる。

話を聞いてもらったのに、助けてもらったのに、情けない自分が嫌でミカエラはイヴァンを見ずに歩き出した。

「……ファーレンホルストのベルクフリートは内壁と外壁の間にあります」

少しだけ上ずった声を出してしまってから唇を噛む。黙っているのも失礼なような気がして、どうでもいい事を口に出す。

「跳ね橋から左側に行くとベルクフリートの入り口があります」

返事が返ってこないのが辛いけど、ミカエラは心の底から安堵した。

仲良く会話をしたい訳ではない。返事が欲しい訳ではない。ただ沈黙に耐えられないだけだから、独り言のようにミカエラは話す。

「入り口の近くに小屋があって……子供の頃よく遊びに行きました……」

宮廷を抜け出入り口に近付き、ミカエラは開いている扉を潜って大階段の上に立った。

ゆったりと、風が頰を嬲《なぶ》る。

生臭い臭いに、くらりと眩暈《めまい》がする。皆の為に必死だった時ですら感じた血の臭いは、落ち着いた今では吐き気まででした。

だって、ミカエラには無縁な話だ。

血の臭いも地面に突き刺さる剣も、王女として育てられたミカエラには見なくていい物だと教わっていた。

大階段の上から見渡せる庭園は、もう知っている場所ではない。

大国の名に相応しい庭園は広く、馬車が乗り入れられるようになっている。三階にある部屋のバルコニーから見ると、剪定《せんてい》された草花はファーレンホルストの紋章の形になっていた筈だった。

でも、今の庭園は、ぐちゃぐちゃだ。

見たくないけど視界に入る庭園に、ミカエラはできるだけ足元を見て大階段の一段目をゆっくりと下りる。

さっき見た時にはあった亡骸が消えていて、それでも残る血の臭いに青くなる。

どうしよう。

この庭園を歩いて跳ね橋まで行かなければならないのか。この血の臭いの中を、土の色が変わっている道を、歩かなければいけないのかとミカエラの足は震えた。

「……ここで待ってろ」

「え？」

低く静かな声が上から聞こえてくる。後ろにいたイヴァンの声だと解っていたけど、頭の上から聞こえてきたから驚いてしまう。

だから、手で胸を押さえた。

怖かったからではない。低く静かな声に怯えた訳でもない。今まで恐ろしく感じていたイヴァンの声に、何故か安心してしまったから胸が痛くなる。

「馬を回してくる。そこに座ってるか、後ろを向いて待っていろ」

すっと自分を抜かして大階段を下りて行くイヴァンの後姿に、ミカエラは出そうになる声を殺す為に唇を噛んだ。

だって、ずるい。優しくて酷い。頼りになるのが怖い。

何よりも、頼りそうになる自分が恐ろしかった。

どうしてそんなに優しくするのか。いっそ怒ってくれた方が心は痛まない。詰って責めてくれれば自分の罪を許せるのに、優しくされると泣きたくなってしまう。

自業自得だ。この滅茶苦茶になった庭園も、この吐きたくなる血の臭いも、全て自業自得なのだから蔑んで欲しかった。

だけど、ミカエラの心の声なんかイヴァンに届かない。もう大階段を下りて大きな木に繋がれている何頭かの馬の一頭を連れてくる。

大階段の下で、自分に向かって手を伸ばしてくれるイヴァンに、ミカエラは歯を食い縛りながら一歩を踏み出した。

立派な体軀のイヴァンは怖く感じる。少しも笑わないからイヴァンは冷たく感じる。

だけど優しい。残酷なぐらい酷く優しい。

そんな心の中を知られたくなくて、ミカエラはイヴァンではなく馬を見ながら大階段を下り切った。

「……馬には乗れるか？」

苦い顔をして下りてきたミカエラに、イヴァンは手を差し出さずに馬を叩く。

きっと気付いていない。何を思っているのか、どうして苦い顔をしているのか、きっと血の臭いに顔を顰めていると思っているのだろう。

「ごめんなさい……馬に乗った事、ないです」

だからミカエラもイヴァンに教えないように、無理矢理にっこりと微笑みながら馬の近くまで歩いた。

頭の中に渦巻いていた思考を振り払い、目の前にいる馬を見つめる。馬は鞍《くら》もつけてあるし手綱《たづな》もあるけど、ミカエラの知っている馬は馬車を引くものでそのまま乗って移動するものではなかった。

しかも近くで見れば馬は高い。鞍の乗ってある所に座るのは解る。鞍の両脇にある足を乗せる為の鐙《あぶみ》に足をかけて上るのだろうが、ミカエラには鐙まで足を上げられそうにない。

だってそんな事は習わなかった。

足を上げるなんて、馬に跨《また》がるなんて、王女であったミカエラには無理だと思う。

でも折角イヴァンが馬を引いてきてくれたのに乗れないと無視する事はできない。広い庭園を歩くには残る血溜まりを見なくてはいけないから気を遣ってくれたのにと、ミカエラはドレスの裾を持ってみたが馬には乗れそうになかった。

「……………」

足を上げたり下ろしたりしてみるけど、目線より少し低い程度の鐙まで足を上げるのは無理だと思う。同じように繋がれている馬の方が小さい気がするけど、この馬がイヴァンの馬ならば他の小さな馬にしてくれとも言えない。

でも凄く恥ずかしかった。淑女としてドレスの裾を持ち上げるだけでも恥ずかしいのに、イヴァンに足を見られたらどうしようと思うから余計に足を上げられない。

足踏みをするだけのミカエラに焦れたのか、低い声が耳朶《じだ》を擽《くすぐ》った。

「………解った」

「……え？　きゃぁあ！」

「大きな声を出さない」

腰を掴まれたと思ったら、ぐいっと上に身体を持ち上げられた。

そのまま馬に横座りさせられる。余りの高さにあわあわしていると、後ろにイヴァンが素早く座る。片腕はミカエラの背を支えるように、もう片方は手綱を持って馬を歩き出させた。

多分、馬に不慣れなミカエラを気遣って馬を歩かせているのだろう。

パラスのバルコニーから見ていた乗馬や騎士の騎馬競技と違って、馬は凄くゆっくりと前に進む。

「あ、あのっ！」

「……どうした？」

「つっ、摑まってもいいですかっ？」

初めて馬に乗って、ミカエラは顔を青くしてイヴァンを見た。

だって、こんなに高い所にいるのに、馬が動く度に身体が跳ねる。揺れるというより跳ねる。尻が痛くなりそうな動きに、ミカエラは段々涙目になる。

まさか馬を摑む訳にはいかないだろう。

イヴァンの腕に摑まりたくても手綱を握っているから躊躇《ためら》われると、真剣な目で告げたのに不思議そうな顔をされた。

「そんなに怖いか？」

「だっ、だって、高いし、それに跳ねるし、落っこちちゃうっ」

必死で言えばイヴァンが笑ったような気がした。

それも声を出して笑う訳ではなく、喉の奥で押し殺したように笑っている。くつくつと喉の奥で笑っているのか身体が少し揺れているから解って、ミカエラは恐怖よりも羞恥でイヴァンを睨み付ける。

「……し、仕方がないじゃないですか」

「摑まってろ。すぐに着く」

ミカエラの背を支えてくれている手が動いたから、イヴァンに撫でられていると解った。本当に優しいと思うけど、今は何より馬が怖い。背を支えてくれるイヴァンには感謝しているのだが、片手で大丈夫なのかと不安になる。

「こちらからだと右に曲がればいいんだな？」

「そっ、そうです、右っ、右ですっ」

ひんやりと冷たく硬い甲冑に爪を立て、ミカエラは景色を見ないように目を瞑《つむ》った。頰をイヴァンの胸につけるほど抱き付いているのに、ミカエラの腕は背中にすら届かない。甲冑を身に着けているといっても、かなり大きな身体だと解る。

兄達はこんなにも大きかっただろうか。父の執事であるリヒャルトは兄達よりも大きく見えたけど、イヴァンと比べれば小さかったと思う。

そんな事を考えていたけど、馬が酷く揺れてミカエラは今の状況を思い出してしまった。ちらりと薄目を開けて見れば地面が遠い。思い出さなければいいのに騎士の演舞である騎馬競技を思い出して鳥肌が立つ。こんなにも高くて揺れて跳ねるのに、あれだけ綺麗な動きを見せていたのか。そういえば馬から落ちる騎士もいた。馬に踏まれれば大怪我になるからと、走る馬の合間を抜けて落ちた騎士を助ける騎士もいたと恐怖に震える。

きっと騎馬競技や乗馬は、もっと揺れるのだろう。今は歩かせているだけだと解っているけど充分揺れていると思う。お願いだから速く着いてくれと願っている頃に、頭をぽんと叩かれてミカエラはイヴァンを見上げた。

「ほら、着いたぞ」

おずおずと見つめれば、もうイヴァンは笑っていない。怖いと思っている無表情に戻ってミカエラを見ている。

もっと笑えばいいのに。こんなに優しいのに体軀と表情で損をしているような気がする。薄い涼しげな水色の瞳に、無表情になると途端に強面に見えるからだろうか。そんな事を思いながらイヴァンから目を逸らし、ベルクフリートを見ていると視界が奇怪しいような気がして、ミカエラは今の状況を思い出した。

「……あ、そ、そ、そうです、ね」

見える景色が奇怪しく感じたのは馬に乗っているからで、ならばベルクフリートに着いたのだから馬から降りなければならない。

飛び降りるなんて無理だ。横座りになっているけど、ずりずりと腰を落とせば地面に落ちて転ぶと思う。

何より馬の背に乗っていると高さが怖くて、引き攣《つ》った顔をしながら地面を睨む。

「……降りるのも、怖いか？」

「……ごめんなさい」

怒られるか呆れられるだろうと思っていたけど、イヴァンは何も言わずに馬を降りた。

手綱は摑んだまま、ミカエラに向かって両腕を伸ばす。一瞬何をしたいのか解らなくて、首を傾げてからミカエラは顔を赤くした。

「えっと、私、重いです……」

「馬に乗せてやったのは誰だ？」

少しだけ指先を動かしているイヴァンに、更に顔を赤くしたミカエラは羞恥と恐怖で混乱する。

だってイヴァンの腕までかなりの距離があるように見えた。

この際、イヴァンに降ろしてもらうのはいい。恥ずかしいし情けないと思うけど、馬に乗せてくれたのもイヴァンだったから今更だろう。

でも、怖い。

きっと他の人が見れば、すぐそこにイヴァンの腕があると言うだろうが、ミカエラから見れば飛び込む勇気が必要だった。

余り時間はない。そんなに逡巡している場合でもない。唇をきゅっと噛み締め目を閉じてから、決死の思いでミカエラはイヴァンの腕に飛び込んだ。

「っっ！」

高くて怖いと思っていたけど、やはりイヴァンの腕までそんなに距離はなくミカエラは安堵の息を吐く。

でも地面に自分の足が着くと、怖かったのか馬の上で尻が痛くなるまで跳ねたからなのか、かくりと膝が笑っているのが解った。

もちろんというか当たり前のように、倒れる前にイヴァンの腕がミカエラの脇に入る。

「大丈夫か？」

「……は、はい。大丈夫です」

身体を支えられて立てば、まだ全然大丈夫じゃなさそうだったけど、とりあえず大丈夫だとイヴァンに向かって微笑んだ。

本当なら淑女の嗜みとして足を揃えて立てと言われているのに、少し足を開いて踏ん張るようにして立つ。恥ずかしいのと情けない気持ちでいっぱいになって、うろうろと視線を彷徨《さまよ》わせれば目を丸くしている庭師の姿があった。

口をぱくぱくさせているのに声を出さないのは、驚き過ぎてどうしていいのか解らないのだろう。

だって近付いてもこない。いつもなら笑顔で挨拶をするのに、ベルクフリートの入り口が見える場所で立ち尽くしている。

「あ、あの……」

居た堪れなくなったミカエラの方が声を出せば、庭師はぴょんと飛び上がって近付いてきた。

走ってミカエラの傍までくる。まるでイヴァンから庇うように、ミカエラの前に立っている。

「ミカエラお嬢様、大丈夫ですか？」

「え？　ええ、大丈夫よ」

「……ミカエラお嬢様に何の用ですか？　異国の騎士よ」

ミカエラからは庭師の背中しか見えないが、今までの状況を知らないのだと青くなった。

派手な騒ぎ声は聞こえていたのだろう。しかし庭師はベルクフリートの入り口を見張る役目だったから、気になってはいてもこの場を離れる訳にはいかない。

このベルクフリートの前から動かなければ、何が起きていたのか解らない筈だった。

だってここは城を守る外壁と内壁の合間だから、見上げても見えるのはパラスの屋根と礼拝堂の十字架の先端だけだ。庭師が知ったのは大勢の馬が入る音と罵声《ばせい》だけで、どれだけ怖かったのか考えるのも恐ろしい。

鎖を切られて落ちた跳ね橋も、そのせいで必要なくなった捨てられた投石器も、庭師は知らずに耐えてくれた。

「……大丈夫、もう、終わったの」

「ミカエラお嬢様？」

ぽんと優しく庭師の肩を叩けば、訝《いぶか》しむ顔をして振り返る。

壁を挟んで聞こえてくる音が怖かっただろうに、言いつけを守りベルクフリートの前から動かなかった庭師にミカエラは申し訳なくて頭を下げた。

「ごめんなさい。終わった時、すぐに知らせれば良かったわね」

「お、お嬢様、頭を上げてください」

「……ここは私が見ているから、パラスに戻ってベリンダに聞いて。もう大丈夫。もう、終わったの」

首を傾げる庭師にミカエラは泣きそうな顔で笑った。

全てを要約すれば今ここでも話せる筈だが、ミカエラには要約する事もできないし簡単に話す事もできそうにない。それに要約でも簡単にでも何でもいいけど、もう一回記憶を辿って話したくなかった。

きっとベリンダなら庭師に解るように話をしてくれるだろう。だからパラスに行って、ゆっくりと話を聞きながら休んで欲しい。

そう思うのに庭師はミカエラの前から動かなかった。

「……ですが、お嬢様を一人置いて行く訳にはいきません」

心配してくれるのは嬉しい。心配させてしまったと申し訳なくも思う。でも今までの話をするのも嫌だし、イヴァンと自分がどうしてここに来たのか説明したくても喉が詰まりそうで怖い。

どうしていいか解らなくなっていたミカエラよりも先に、イヴァンが庭師に自己紹介をしてくれた。

「……ヴォーリッツから来た。イヴァン・クラウゼヴィッツだ」

ヴォーリッツがどこなのか解ったのか庭師はポンと自分の手を叩く。解れば敵だと思って威嚇《いかく》した事を詫《わ》びるように、庭師は頭を下げてイヴァンに手を差し出す。

「国王様の盾仲間のヴォーリッツですか」

握手を求めイヴァンの手を握った庭師は嬉しそうに言うから、ミカエラの胸がぎゅうっと痛んだ。

そう、皆が知っている。ファーレンホルストの者ならば、ヴォーリッツの城主と自分達の国王が盾仲間だと知っていて信頼している。

国民だって知っているのに、国民だって信頼しているのに、どうして国王はあんな卑劣な事をしたのだろうか。それだけ酷い事をしたのだと、馬に乗ったせいで忘れそうになった現実にミカエラは眉を寄せた。

でもそんなミカエラの表情を見ないから、安心した庭師は振り向かずにパラスへと帰って行く。ヴォーリッツが来たなら安心ですねと言いながら、嬉しそうに駆け出す庭師にミカエラは何も言えない。

そして卑劣な国王の一番の被害者であるイヴァンと二人きりになってしまった。

忘れてたのに。忘れてはいけないのに忘れてたのに。思い出せば心苦しくてミカエラはイヴァンの姿を見る事ができない。庭師の後姿を追っていた視線をベルクフリートに向けて、息をするのを忘れたように入り口を見た。

ここに、父がいる。

卑劣な戦いを始めた、全ての罪を償わなければならない国王がいる。

睨むようにベルクフリートを見ていれば、後ろからポンと頭を叩かれた。

「……え?」

情けなくてイヴァンの顔を見れないと思っていたのに思わず振り返ってしまう。見上げれば無表情で頭を撫でてくれるイヴァンと目が合って、青い静かな瞳にぎゅうっと胸が千切れそうになった。

どうして慰めるのか。どうして優しくしてくれるのか。自分がどんな顔をしていたのか解らないけど、イヴァンはそっと頭を撫でてくれる。

本当に優しくて悲しい。

だってイヴァンの方が辛かっただろう。ファーレンホルストに奇襲をかけられたヴォーリッツの人達は怒って非難してもいい筈だ。

「優しく、しないでください」

「……………」

「酷い事をしたのは私達なのに……あ、謝らなきゃいけないのは、私達なのにっ」

目の奥が熱くて、喉に重い塊がある。頭の中でガンガンと音がして、瞬きをしたら涙がほろりと零《こぼ》れた。

一度零れてしまった涙を止める事ができない。

ひっくと喉が鳴って苦しくて頭が熱くて、頬を流れる涙を拭《ふ》く事を思い付かない。頭の中で今までの事がぐるぐると回っている。

母が亡くなった事。伯母の事に、父の後ろ姿に、一人一人と減っていく何かがミカエラの心を砕いていく。

「お、お母様が亡くなったとき、悲しかったけどっ……お父様も……悲しかったと思うけど、大事な人を失くして……でもっ！」

国王が乱心してから、ミカエラは初めて泣きじゃくった。

唸るような悲しみに肩を揺らし、声を上げて泣くのは初めてだ。腹の底から嗚咽を出して息が苦しくなる。目の奥も喉も頭も熱くて熱くて、こんなに泣いたのも初めてだと思う。

だって、こんな未来になるなんて、誰も想像しないだろう。

母を亡くし父が乱心してしまえば、ミカエラは誰に泣き縋ればいいのか解らない。次男が戦場へ行く時には長男と妹がいたから、妹の前では泣く事なんてできない。妹を逃がした時には呆然として、長男が城を出て行く時にはミカエラは独りだった。

どうして泣けるだろうか。最悪だからといっても泣く暇はない。混乱していれば使用人達が守ってくれて、なのに泣いていい筈がなかった。

ずっと緊張していて、どうなるのかと絶望する。

国王が乱心してから安心できる日などなくて、夢の中までも心は張り詰めていた。

「姉様達は帰って、こないしっ……お兄様達も帰ってこなくてっ！　妹を城から出すのが精一杯だったっ」

女性として淑女として貴族として王族として、取り乱したり我を忘れるように泣いたりしてはいけないと教わっている。教え通りに最悪な生活をしていた訳ではないけど、心のどこかに引っ掛かっていたのかもしれない。

なのに涙が止まらなくて苦しくて悲しい。

イヴァンの前なのに嗚咽さえ止められない。

だってどうすれば良かったのか。国王は誰にも会わなかった誰にも話さなかった。唯一は国王の姉だけで、禁忌《きんき》である関係を見てしまえば子供達は国王に会って話をしようなんて思わなくなる。

それでも、執拗《しつよう》に父に会いに行けば良かったのだろうか。誰よりも姉よりも先に会いに行って、扉を叩いて母の思い出を語れば良かったのだろうか。

でも、今更だろう。もう過去には戻れない。

「……王女として……国の為に嫁いで……それしかっ、それしか教えてもらえなかった、こんな事になって、こんな……私はどうすれば良かったのっ!?」

あの時は、母が亡くなってからは、それしかできなかったのだとミカエラはイヴァンから目を逸らして地面を睨み付けた。

ぼろぼろと地面に涙が零れていく。涙を吸い込み黒くなっていく地面を見ていれば、頭の隅で警鐘《けいしょう》が鳴る。

これは、八つ当たりだ。ただの癇癪《かんしゃく》だ。

謝りたいとか許されるのは奇怪《おか》しいとか、そんなのは屁理屈だと解っていても弾けた感情は元に戻らない。流れる涙ですら止められないのに、胃からせり上がってくる熱い塊を飲み込む事はできそうになかった。

「お兄様達の亡骸《なきがら》はないけど……生きているとは思えないっ……妹だって、こんな事があって嫁ぎ先で何があるかっ！　みんなっ、みんないなくなったのにっ」

一人だけ生き残りたくない。

独りで生きていくなんて悲し過ぎる。

だって一人で生きていく術など教えてもらってない。想像をした事もないし、そんな未来がくるなんて考えもしない。

ファーレンホルスト王国の王女として、淑女としての生き方しかミカエラは知らなかったし知る必要もなかった。

だから責任を取りたかったのか。独りになりたくないから、責任を取って処刑される事を望んだのか。一人が嫌で独りになりたくなくて、だから自分はこの城に残ったのか。

もちろんベリンダや皆が心配だったのもある。自分を守り続けてくれた使用人達だけは逃がしてやりたくて、その気持ちは嘘ではないと言い切れる。

だって王族の残らない城に使用人が残っても意味はないだろう。逃げる場所がないからと城に残ってしまえば攻めてきた敵に殺されてしまう。

誰にも説明できない。誰に説明しても納得してもらえない。

でも、使用人達全員を連れて逃げる場所など、ミカエラだって知らなかった。

「お願い！　裁いて！　責任を取るからっ……優しく、しないでっ」

心の奥底に隠しておいた情けない感情を暴かれて、ミカエラは悲鳴のように叫んでからイヴァンに懇願する。下を向いたまま、地面を睨んだまま、祈るように懇願する。

皆を助けたい気持ちは本当でも、独りになりたくないという感情も本物だった。

叫んで解った。泣いて解った。八つ当たりをして、駄目だと思っているのに、酷い事をしているのに、一番八つ当たりをしちゃいけない人なのに、だから解ってしまった。

「……優しくされると……謝れないです……私達のせいでこんな事になったんだから、私は貴方にちゃんと謝りたいんです」

ついさっきまで戦いの場だったファーレンホルスト王国。

なのに今は痛いほどに静かだ。

自分のしゃくり上げる声しか聞こえてこなくて、肩を揺らすほどの息と心臓の音しか聞こえてこなくて、ミカエラは涙を終わらせるようにぎゅっと目を閉じる。

溜まっていた涙がぼろりと零れて、息を飲んでから顔を上げた。

「本当にごめんなさい。貴方達の日常を壊して……ごめんなさい」

青く冷たいほどに冷静な瞳を見てから、ミカエラはイヴァンに頭を下げた。

しっかりと見てしまったイヴァンは無表情なままで、何を考えているのかと苦しくなる。

詰る言葉か、呪いの言葉か、恨み言かもしれない。そっと視線を上げてみると視界の端に見えるイヴァンの表情は変わらない。

罵られる事を覚悟していたのに、イヴァンはミカエラの頭をゆっくりと撫でた。

「主君を失い住む場所を失くした。もちろん怒りはある。だが、これは……子供が謝る事ではない」

「……………そうじゃなくて、私は」

「いいから、そんな顔するな」

くしゃりとミカエラの髪を掻き混ぜて、イヴァンの手はゆっくりと離れていく。

顔を上げて言い返そうとしたけど、ミカエラは唇を噛んで言葉を飲み込んだ。

どうしてイヴァンが許してくれるのか。みっともない八つ当たりをしているのに、癇癪《かんしゃく》を起こして泣き喚いているのに、どうして優しくしてくれるのか理由が解った。

イヴァンは自分の事を子供だと思っている。

内情を聞いただけで許せる事じゃないと思うのに、子供だから仕方がないと思っている。

大国の王女であり貴族の淑女として育てられたミカエラの全ては、子供だから無理をするなと言われて否定されてしまった。

ぽかりと、胸に穴が開いたような気がする。

どうしてだろう。ぴゅうと風が穴を通り抜けるのか冷たくて痛い。

ベルクフリートの入り口を睨み付けるイヴァンを見て、知らない感情が湧き上がってくるのが解った。

痛いのか、悲しいのか。虚しいような、寂しいような。

なんだか解らない感情は理由が解らない。どこが痛いのか悲しいのか、どこが虚しいのか寂しいのか、それすら解らない。

気が抜けたからだろうか。子供だから関わるなと言われているようで、子供だから責任など取らなくていいと言われているからなのか。

だからミカエラはイヴァンから一歩だけ離れて、何も考えないようにベルクフリートの入り口を見つめた。

ファーレンホルスト王国にある大浴場は、富と名声を見せ付ける為にパーティーや宴会をする時に皆で入る。

風呂に入りながら食事をして、酒を飲みお喋りをする。

しかしヴォーリッツの城の周りには公衆浴場もなかったらしく、部屋で個人で入るのが当たり前の生活をしていたので、皆がパーティーでの湯浴みを辞退した。

風呂での食事の用意をしていたベリンダや、未婚だからと風呂でのパーティーには誘われなかったミカエラは当たり前の事だと思っていたから驚く。

だって風呂の為の部屋がある事や、何百人も入る風呂を持っている事は、富と名声を見せ付ける宮廷城ではよくある話だ。多くの水を使い湯にしなければいけないから、そう多くの国にある訳でもないがよく聞く話だと思う。

でもやっぱり男女関係なく大勢で風呂に入るのは嫌なのだろう。

だから最初はヴォーリッツの女性達が風呂に入る。その後に男性達が風呂に入って、次にファーレンホルストの使用人が入った。

服は掻き集めてきた物で、煌びやかなドレスに女性達は喜ぶ。男性達は苦い顔をして、動きやすそうな服を探す。

風呂の後は大広間に戻って食事となった。

お持て成しをしなければと、ファーレンホルストの使用人達は今まで以上に動く。久々に燭台《しょくだい》の蠟燭《ろうそく》に火を灯し、天井にある銀製のシャンデリアの蠟燭にも火を灯す。

大広間には香を焚《た》き香りをつけ、全員に木の皿と銀のスプーンを用意した。

挽いた小麦を用意して白パンを焼き、肉詰めの半折りパイやペストリーも作る。ローストした子豚に燻製のニシンに鶉のオムレツなどを並べ、デザートはドラジェやチーズにドライフルーツや、甘いクレープにダリオールや果物を煮た物などが出た。

流石に昔のようなお持て成しはできない。砂糖菓子で作った城だとかナイフを入れるとヒバリが飛び出すパイや、マジパンで作る凝《こ》った物は作れない。

ただワインは高級な物が樽で残っていたので振舞えた。

ヴォーリッツだけではなくファーレンホルストの使用人も、普段はこんなに豪華な食事はしないからだろう。使用人達は楽しく喋り歌い、敵同士なのに短時間で仲良くなったのを知る。しかもミカエラとイヴァンがベルクフリートへ行っている間に、皆の部屋割りが決まっていた。

台所に近い階にファーレンホルストの使用人。三階の客室にヴォーリッツの使用人。ミカエラは元の自分の部屋で、イヴァンは長男の部屋を使う事になっていた。

「では、そろそろお開きにしましょうか？」

「男共は放っておけばいいわよね～」

今までの緊張感と今からの解放感のせいか、男性達は酔って楽しそうに騒いでいる。でも女性達は遅くまで起きているのも淑女として恥ずかしいし、もう疲れて眠りたいから首を竦《すく》めながら男達を見る。

「あ～、駄目駄目。ありゃ酔い潰れるまで飲んでるわよ」

「今晩は仕方がないんじゃない？　飲ませておきましょう」

仕方がないから、女達は部屋へと向かう。乾杯と何度も叫びながら、楽しそうに飲んでいる男達を置いて行く事にした。

女性の使用人達がお喋りしながら宮廷を出て行くのを見て、ミカエラはベリンダを探す。今日だけは、今晩だけは、ベリンダにちゃんとお休みなさいを言いたい。国王が乱心して家臣や騎士がいなくなってから、一番長かったこの一日の終わりにミカエラはベリンダと話がしたかった。

きょろきょろと周りを見ると、ベリンダと数人の使用人がワインと肴の用意をしている。

もう肴はほとんど必要ないだろうが、チーズやサラミソーセージにアルコール度数の低いエールをテーブルに並べていた。

用意が終われば来るだろうとミカエラは待っていたが、ベリンダは空いた皿をさげる時にイヴァンに何か話しかけている。

何だろう。何を言っているのかと考えて、こんな時間でしかも先に寝室に戻るのだから挨拶だろうと気付いた。

そう考えて思い出すと、自分は自分の事だけで精一杯だったような気がする。この国の王族として残ったというのに、挨拶もお礼も用意も何もしていない。

今まで王族といっても所詮《しょせん》三女としての扱いだったから、前に出る事を学ばなかったせいだと言い訳をしても、情けないとミカエラは頬を赤く染めた。

「ミカエラお嬢様？　もうお部屋に帰られたと思いましたよ」

にこにこと笑いながら来たベリンダに、本当に自分は何も知らないのだとミカエラは赤くなった頬を両手で隠す。

ファーレンホルストの王女として責任を取る事しか考えてなかったから、まさか自分がこの国の王の代わりになって生活するとは考えもしなかった。

でも、今はそういう立場だろう。

ファーレンホルストに残った唯一の王族として礼儀がある。

「……ベリンダ。私も挨拶した方がいいかしら？」

「皆さん酔ってますからね。ここで挨拶しても聞いてないですよ、きっと」

楽しそうに飲んでいる男達に振り向いて、ベリンダはいつもより赤い顔をして答えてくれた。

そうか。ベリンダも酔っているのか。いつもならば皆の前では絶対に飲まない。給仕する立場として完璧な仕事をする。

でも今日は特別な日だ。ミカエラですらワインを飲んだのだから、ベリンダだっていつもよりも多めに飲んだのだろう。

嬉しそうなベリンダを見るのは嬉しい。いつも気を抜かないベリンダが酔って頬を染めているなんて幸せの証拠だ。

久々の騒がしい雰囲気と楽しい空気に緩んでいれば、思い出したかのようにベリンダがミカエラに告げた。

「そうですね。じゃぁイヴァン様だけでも挨拶をした方がいいかもしれませんね」

酔っていてもベリンダの言い分は正しいと思う。

確かに皆に挨拶するのは無理だろう。この騒がしい人達全員に聞いてもらうように挨拶するなんて、楽しく騒いでいる宴会に水を差すだけだ。

「……そうよね。でも、彼は酔ってなかったの？」

「ええ。かなり飲んでいるのを見たんですが、顔色一つ変わってなかったですよ」

ベリンダの言葉にミカエラは少しほっとする。

酔っ払って騒いでいる人達は楽しそうだと思うけど、ミカエラは酔っ払いに近付いた事がない。男性が酔っ払って淑女に絡むなんて事はないから、真っ赤な顔と大きな声がミカエラは少し怖かった。

でもベリンダの言う通りに、イヴァンには挨拶をした方がいいだろう。

ファーレンホルストの王の代わりが自分ならば、ヴォーリッツの城主の代わりはイヴァンになる。

「じゃぁ、挨拶だけしてくるわ」

「それではイヴァン様に、ヒポクラスよりもワインの方が美味しいですよと、お伝えください」

ベリンダの言葉にミカエラは首を傾げる。確かに今開けている樽のワインは高級品で、国王クラスの客人がきた時に振舞うワインだ。

もしかしてイヴァンはワインを飲んでいないのだろうか。ミカエラはワインよりもヒポクラスの方が好きだけど、男の人はアルコールの強いワインの方が好きだと思っていた。

「ヒポクラスを飲んでいるの？」

「ええ。もしも遠慮なされているなら、お勧めだけでもと思いましてね」

ベリンダの言葉にようやく意味が解る。ミカエラがワインよりもヒポクラスが好きなのは、ワインよりも熱くならなくて甘いからだと思い出す。

兄達もそうだったが、男の人は余り甘い物が好きじゃないらしい。それにヒポクラスはスパイスや蜂蜜《はちみつ》を入れて作るから高いワインは使わない。もしもワインの方が高いと解って遠慮しているのなら、ワインを勧める気持ちはミカエラにも解った。

「解った。お勧めしてくるわ」

ベリンダに言ってから、ミカエラはイヴァンを探す。

背の高いイヴァンはすぐに見付かるが、騒ぎの中心にいるから声をかけるにも躊躇《ためら》われる。あそこまで行かなければいけないのかと、そして楽しそうに飲んでいる酔っ払い達を掻き分けて行くのかと思えば足が竦む。

「……あの」

運がいいのか悪いのか、周りはかなり酔っ払っているようでミカエラに気付いていないように感じた。

思い思いの方を見て誰にでも話しかけて、何度も乾杯という声が聞こえる。人込みを何とか掻き分けイヴァンの後ろまで来たが、酔っ払いの声は大きくミカエラが声を大きくしても声が届きそうになかった。

「すみません！」

「……ん？」

耳の近くで叫んだからか、振り向いたイヴァンの顔が酷く近い。でもこの距離じゃないと声が聞こえないから、耳に顔を寄せて挨拶をした。

「今日はありがとうございました。お先に失礼させていただきます」

「ああ、解った」

お互いの顔が近いからだろう。イヴァンの言葉と一緒に甘くていい香りがする。ヒポクラスを飲んでいるからだと解っていても、その香りに顔が赤くなるのが解った。

恥ずかしくて顔を逸らそうとして、イヴァンの格好が変わっているのに気付く。そういえばベルクフリートから帰ってきて、風呂も入れ替わりだし食事の時の席も近くなかったと思い出す。なんとなく違和感を感じるのは、ミカエラが知っているイヴァンは甲冑を着ていたからだろう。今は白いシャツと細身の黒いズボンに濃い茶系のガウンを羽織っていた。

甲冑を着ていた時よりは威圧感はないが、普通の服を着ていると屈強な体躯が余計に目立つ。薄いシャツだから身体のラインが解って、本当に鍛えているのだと解る。

それに椅子に腰掛けているのにミカエラがほとんど屈まずに耳元で喋れるのだから、甲冑の足の部分であるサバトンに靴底があったとしても随分と背が高いと再確認した。

「あ、あの……」

少し赤くなってしまった頬では恥ずかしくて、このますぐにベリンダの所に帰りたい。だけど甘い匂いに手を握り締める。イヴァンがヒポクラスを飲んでいると解ったから、ベリンダの言っていたようにワインの方が美味しいと言いたかった。

もしも本当にヒポクラスが好きならいいけど、遠慮しているならワインを飲んで欲しい。

そう言おうとしてイヴァンの耳に顔を近付けようとした瞬間、酔っ払いの一人がミカエラを見て歓声を上げた。

「おー！　みかえら〜おじょーさまぁ〜お似合いじゃないっすかぁー！」

「え？　なに？　なに？　ああ、イヴァン様とふぁーれ……の王女様はお似合いっすね」

「おお！　ほんとだ！　ミカエラお嬢様はスッゲー綺麗で可愛くて本当だったら大国に嫁ぐ予定のモテモテ美人さんですからぁ！」

いきなり皆に囲まれて、ミカエラは慌ててイヴァンから離れる。

距離がいけなかったのだろう。騒がしいから声が届かないからと、かなり顔を近付けていたのがいけなかったと思う。

でも酔っ払いは顔の距離など気にならないのか、少し離れたのにまだ自分とイヴァンの事を言っていた。

「イヴァン様だって男前だぜ〜」

「そーそー、イヴァン様はカルステン様の忠実な騎士でー盾仲間が娘と結婚してくれーってモテモテだったんっすよー」

どうしよう。揶揄《からか》われた事などないからミカエラは焦る。

パーティーの時だって酔っ払った人と話をした事がない。二人の仲を揶揄われるなんて、王族であり未婚のミカエラは初めてだった。

騎士が忠誠を誓う時、他の国の王族との宴会の時、誰かとお似合いだと言われた事はあるけど茶化した言い方ではない。こんな風に皆に囲まれて、笑いながら囃《はや》し立てられた事はない。

「そーいや、イヴァン様は独身じゃねぇっすか？　いいんじゃねぇっすか？」

「おお〜、ミカエラお嬢様ももちろーん独身っすよぉ〜」

「俺達ヴォーリッツと！　心の友ファーレンホルストの結婚！　いいね！」

本来なら敵同士と呼ばれる関係だった両国の使用人達が仲良くなるのは嬉しいのだが、どうしてここまで仲良くなったのか不思議だった。

だけど考えてみれば仲良くなるのは簡単なのかもしれない。だって使用人達には大きな恨み言も復讐心もない。もちろん仇討ちするつもりがあったからここに来たんだろうが、関係も薄いし近しい人が亡くなってないから憎しみが小さい。

しかも理由が理由ならば、お互いへの敵意が同情に変わるのも早いだろう。

「どうですか？　ミカエラおじょーさま？」

「どうっすか？　イヴァンのだんなぁ～？」

仲良くなるのは嬉しいのだが、そんな質問に答えられる訳がないと、ミカエラは頬を赤く染めて俯いた。

元々貴族や王族の娘に恋愛はない。国の為に結婚をして、国と国で密約をする為に結婚するのだから政と変わりがない。

せめてパーティーや祭りで一度でも顔を合わせた人と結婚したいと思うのは、貴族や王族の娘達の夢だった。

だからミカエラは恋をした事がない。

誰かに恋する事を許される立場ではないし、国が決めた人と結婚するのが当然だと思っていたから男の人に恋愛感情を持つ事を無意識に避ける。国の騎士や使用人と気軽に話す事もないし、王族のミカエラに気安く話しかけるのは親族か乳母だけだった。

それに、自分とイヴァンが結婚だなんて、絶対にない話だろう。

「あ、あの……私が相手では申し訳ないです。アーリンゲ王国での協議の結果によって、私の立場がどうなるか解りませんから……」

この卑劣な戦いを終わらせる為、国王の代わりにミカエラは公開処刑になる可能性だってあった。

もちろん決定ではないが、処刑でなくても戦いに敗れた国に王族が残れる筈もない。

ファーレンホルスト王国が終われば、王女であるミカエラはこの城から追放されるのが普通だろう。

そう、全てが終わったといっても、ミカエラだけまだ終わっていない。

自分の為に戦う使用人達を守れたのは良かったが、まだ王族としての償いをしていないから安心するのは無理だった。

「この戦いの責任を取る為に……私はここにいるんです」

茶化していた酔っ払い達が静かになる。遠くの席に座っている酔っ払い達は気付いていないのか、まだ飲んで歌って騒いでいるらしく声が聞こえてきてミカエラは下を向く。

本当の事を言っただけだが、折角楽しんでいたのに水を差してしまった。

でもイヴァンに迷惑をかけたくない。もうこれ以上、迷惑はかけたくない。

戦いを止めてくれて話を聞いてくれた。まだ納得いかない気持ちもあるだろうに、仇の娘であるミカエラに優しくしてくれる。

なのに結婚だなんて、噂や揶揄いまでイヴァンに押し付けたくなかった。

今更かもしれないけど、もう一度イヴァンに挨拶をして帰ろう。ミカエラがそう思って口を開けば、しっかりとした低い声が耳に届いた。

「お前達もいい加減にしないか……子供に何を言っている」

イヴァンの声は低く静かに響く。

それは大きな声という訳ではなく、遠くまで聞こえるような通る声をしていた。

心に響く声。

そんなイヴァンの声がミカエラの心臓を突き刺す。

何だろう。この痛みの理由が解らない。だって今のイヴァンの言葉に痛みを感じる理由がない。

でも、痛い。

何故か凄く凄く痛かった。

「どうにかなる訳ないだろう？　幾つ歳が離れてると思うんだ」

痛い。どうしてだろう。酷く痛い。なんだかざくざくと何本ものナイフが胸に突き刺さっているような気がする。

どうして痛いと感じるのか、どうして苦しくなるのか。イヴァンの声に心が悲鳴を上げているのは解っても、本当にミカエラには理由が解らなかった。

「ほら、飲むなら飲め。ここのワインは本当に上物だ」

イヴァンがワインの入っている陶製のピッチャーを渡せば、酔っ払いは楽しそうにビール用のジョッキに移し変える。ワインが余程気に入ったのか、それとも酔っ払いというのは一つの事しかできないのか、気付けばミカエラとイヴァンの周りから人がパラパラと散っていった。

騒がしく囃し立てていた酔っ払いがいなくなれば冷静になれる。

でも冷静になってしまえば混乱も羞恥も痛みもなくなり、結果として折角の楽しい宴会を邪魔してしまったと青くなる。

「……ごめんなさい」

「気にするな。酔っ払いはこんなもんだ」

やはりイヴァンは無表情で言ったが、なんとなく優しく微笑んでいるように見えた。

できるならイヴァンと少し話をしたいと思ったけど、早く帰らないとまた酔っ払い達に絡まれるかもしれない。今だって充分イヴァンに迷惑をかけているのだから、久々に手に入れた休息を邪魔しちゃ駄目だろう。

「それでは、お先に失礼します。おやすみなさい」

「ああ、おやすみ」

王女としての嗜《たしな》みとして、ミカエラは綺麗なお辞儀をしてから微笑んだ。

くるりと踵《きびす》を返してイヴァンから離れる。近付いて来た時とは違い、喧騒《けんそう》から離れる時には人を掻き分けなくても通れる。

これで後はもう寝るだけだ。

そう思えば急に気が抜ける。イヴァンに挨拶も終わって安心したせいか、瞼が酷く重くなったような気もする。

物凄い眠気が視界をクラクラさせて、頭の奥で何かが鳴っているような気がした。

頭が痛いのか耳鳴りのせいなのか、解らないけど急激な眠気にミカエラは額を押さえる。

ようやく安心して眠る事ができるからなのか、身体の力も抜けていくような気がする。

だって今までは普通に眠る事なんてできなかった。怯え震えながら浅い眠りを貪り、何かあればすぐに起きられる眠りだった。

これはファーレンホルストにいた者なら解るだろう。ヴォーリッツの人達は奇襲に驚かされ、道中の野宿では安眠できなかったと思う。

だからワインを飲んで酔っ払っている人を見ると寝なくて大丈夫なのかと心配になるが、もしかしたら酔うのは寝る事よりも楽しいのかもしれない。

「ミカエラお嬢様、どうでした？」

「……え？　どうって、先に寝るって言っただけよ？」

「そうですか？　何かお話になっていたようですけど」

「そんなこと……」

まるで眩暈のように視界が揺れるから、ミカエラはベリンダの言葉の意味を深く考えられなかった。

ただ本当に久しぶりに眠れると、自分の部屋で眠る事ができると、嬉しくて大広間を出て階段を上る。一歩上って二歩上って、それからミカエラは足を止めてベリンダを見た。

「……ワインの事、言うの忘れちゃった」

「ミカエラお嬢様……常日頃から王族に相応しい言葉遣いをなさってくださいと、ベリンダは何回も言ってますよね？」

「ご、ごめんなさい。ワインの事を言うのを忘れたわ」

ベリンダからヒポクラスではなくワインをどうぞと伝えてくれと言われていたのに、騒いでいた酔っ払い達に揶揄われて忘れてしまった。

でも言うつもりだった。丁度ワインの事をイヴァンに言おうとした時に、酔っ払った皆に揶揄われて頭が真っ白になってしまった。

何も言わずに戻ってきてしまったと、ベリンダに頼まれたのに言えなかったと、ミカエラは困った顔をする。

「言おうと思ってたの。でも、皆が酔っているのか、その、なんか、仲いいとか結婚とか言われて、思わず……」

言い訳だと解っていても口から出てしまった。

だって凄く恥ずかしかった。思い出せば恥ずかしさが蘇ってきて、顔も指先も耳までも熱くなるのが解る。

それだけ恥ずかしかったからと言いたいけど、言い訳でしかないからミカエラはベリンダから視線を外した。

目を動かしただけで、クラリと身体が揺れる。慌てて体勢を立て直してから、怒られると心の準備をする。

でも、普段ならば言い訳をすれば怒る筈のベリンダは、どうしてか今回は笑って頷いてくれた。

「それは仕方がありませんね」

「そ、そうなの……」

「でも私もミカエラお嬢様とイヴァン様はお似合いだと思いますよ」

ベリンダの機嫌のいい笑い声に、ミカエラは目を丸くした。

有り得ないとまではいかないかもしれないが、まさかベリンダがそんな事を言うなんてと驚くしかない。だって今までが今までだ。いつもならば結婚相手でもない男の人など、ミカエラの傍にも近寄らせない。もしも変な噂が立とうものなら、物凄い勢いで噂の元を探しにいって潰していたのにと驚いた。

もちろん今が昔と違うのは解っている。今の状況では、今までが通用しないというのも解っている。

だって、今のミカエラに求婚する国などないし結婚相手もいない。国王が乱心しなければ嫁ぐ予定だった国は、最初は避難して来いと言ってくれたが今では何の音沙汰もない。

むしろ既に国は壊れているのだから、今のミカエラには結婚する義務もなくなった。

「珍しい事、言うのね……」

「命の恩人という事もありますが、お二人が並ぶと本当にお似合いなんですよ。華奢《きゃしゃ》で綺麗な自慢のミカエラお嬢様と、背が高くて立派な体軀のイヴァン様が並ぶと皆がうっとりしています」

知らないのかと、聞かれているような気がする。

皆は知っているのに当事者は気付かないのかと、言われているような気がする。

だけど、そんな事が解る訳がない。これから先がどうなるか解らないのに、そんな事を考える暇もなければ気付く余裕もない。

ふと、現実を忘れてしまうのは、それが余りに恐ろしいからだろう。

自分の人生を、生きるか死ぬかの運命を、他人に預ける未来はすぐに終わると思っていた。国王の代わりに父の代わりに、ファーレンホルスト王国の起こした戦いを終わらせる為に処刑されると思っていた。

なのに今の状況は何だろう。

ふとした拍子に忘れてしまうぐらい恐ろしい決断を、先延ばしにされているからミカエラは震えそうになった。

「それで、イヴァン様は……ミカエラお嬢様？」

「え？　うん、どうしたの？」

「眠いのですか？　ぼーっとして」

何を考えていたのか知られたくなくて、ミカエラは慌てて目を擦った。

誤魔化せるだろうか、ベリンダは気付かないでいてくれるだろうか。聡いベリンダに少しの不安はあったけど、ちょっと眠そうに目を細めて眦《まなじり》を擦れば平気だろう。

心臓の音を聞きながら待っていれば、ベリンダは笑いながら部屋の扉を開けてくれた。

「今まで大変でしたね。お疲れ様です」

優しく抱き締めて頰にキスをしてくれるベリンダに、ミカエラは嬉しくてキスを返す。

本当に今まで大変だった。きっとベリンダも他の使用人達も、今晩はゆっくりと眠れる事だろう。

それでいい。それだけでもいい。

自分を守ってくれた人達を助ける事ができたのだと、ミカエラは安心して息を吐いた。

「……ベリンダも。本当にありがとう」

「ベリンダはいつでもお嬢様の味方ですからね。ゆっくりお休みなさい」

もう一度抱き合ってから、ミカエラは部屋の中に恐る恐る入った。

久しぶりの自分の部屋は何も変わっていない。

床に敷かれた絨毯《じゅうたん》の柄も、天蓋付きのベッドの色も彫刻も、窓硝子《ガラス》もソファもクッションも、何もかも変わっていない。ベッドに近付いても埃臭さもないから掃除をしてくれたのだと解って嬉しくなる。

なんだか急に嬉しくて堪らなくなって、ミカエラは行儀が悪いと知りながらベッドへ飛び込んだ。

くらりと眩暈がする。

ベッドの中だから倒れる事はないけど、やはり今は安堵したんだと解る。

今まで緊張の中で震えていたから、今まで普通に眠るのが怖かったからではない。ただようやく安心したんだと、ミカエラは目を閉じても回る世界に意識を飛ばした。

生きるか死ぬかの運命を忘れて、今だけは皆を守れた事だけに感謝した。

# 第二章　熱が近づいて

ヴォーリッツの人達と一緒に住むようになって、もう五日が経っていた。

まだアーリンゲ王国からの話はない。公開処刑になるのか、ファーレンホルスト王国の領土から出るだけで済むのか、誰もミカエラに教えてくれない。

先を考えるだけで恐怖で泣きたくなるのに、それを忘れてしまいそうになる平和な日常を恐ろしく感じた。

だって皆の仲が良い。ファーレンホルストとヴォーリッツの使用人達は、何故かずっと一緒に暮らしているような雰囲気がある。

何の衝突もない。喧嘩《けんか》もなければ小競り合いもなく悪口さえない。

お互いの知識を出して、食事も洗濯も掃除も庭の手入れさえ仲良くしていた。

ヴォーリッツの城はファーレンホルスト王国の敷地内にあるが、場所は意外と離れているから手に入れられる物が違う。食べ物も水も糸も革さえも違うのに、お互いの好きな物が食卓に上がる。両方のレシピを出して、作り方も教え合って、仲良くお互いが好きになる物を作ろうとしていた。

一番違うのはヒポクラスだろうか。多くのスパイスを袋に入れ、ワインに浸して作るヒポクラスはかなり個性が出るし代々伝わった作り方もあるだろう。パンやワインに蒸留酒も城の特色がある。

それに掃除や洗濯やアイロンも独自のやり方があったが、喧嘩する事もなくお互いのやり方を驚きながらも楽しんでいた。

ヴォーリッツはファーレンホルストの豊かな資源と物資に驚き、逆では知恵の素晴らしさに感動していると言う。

ゆったりと流れる時間。恐ろしく早く過ぎていくような奇妙な時間。

知らない事を知る驚きと、知らない人と仲良くなる事の面白さは、時間を奪っていくから楽しくなる。これが日常なんだと、今までの恐ろしい戦いはなかったのだと、思いたくなるほどに時間は過ぎていった。

まるで皆が元々ファーレンホルストに住んでいたかのように、壊れてしまった城を直していく。

机や椅子に服を直し、城の全てを掃除する。糸紡ぎや刺繍を教え合い、ベッドの天蓋にかける布や敷物まで作り直した。男達は水堀は最後だろうと庭に手を入れ、土を掘り返し剪定《せんてい》をする。亡骸《なきがら》は敵味方関係なく全員を王族の墓地に埋めて、司祭のいない礼拝堂で祈りを捧げた。

色々とする事が沢山あって、ミカエラにもできる事があって、忙しかったから忘れていたのかもしれない。

忘れてはいけない事なのに、忙しいと理由をつけて忘れていたのかもしれない。

五日間何もなかったのに突然、隣国のアーリンゲから国王のクライヴと従者のヴィリーだけがファーレンホルストに馬でやってきた。

本来、国の王が他国に行く場合は、どんな理由でも先駆けの馬で行く事を知らせる。しかし今のアーリンゲ王国とファーレンホルスト王国では、そんな挨拶は意味をなさないかもしれない。でも、まるで旧友のように城に入ってくるのはどうだろう。ゆったりと、まだ落ちたままの跳ね橋を馬で渡り、庭の手入れをしている庭師達に手を上げて挨拶をするから、誰も何も言わずに宮廷に通した。

何が起きるのか、何を言いに来たのか。きっと誰もが聞きたいだろうが、アーリンゲの国王は人を遠ざける。

ヴォーリッツの城主の代わりのイヴァンに、ファーレンホルストの国王の代わりのミカエラと給仕の為にベリンダだけが宮廷に残された。

ベリンダはまだ陽が真上に昇る前に来た二人に、リンゴ酒とチーズと卵のパイやナッツやプラムを添えたフリッターやクレープなどをテーブルに並べる。アルコールを入れて話す話ではないだろうから、度数の低いエールも用意しておく。

テーブルの上へ配膳が終わってしまえば、言いようのない緊張感が宮廷に流れた。

広い宮廷に用意されたソファにクライヴとイヴァンが座る。その二人の前にミカエラが座って、ベリンダは台所の近くに立っていた。

堂々と他国を呼べる大国のファーレンホルストの宮廷城なのに、たった三人で飲み物を前に座っている。アーリンゲ国王の隣にイヴァンが座り、従者であるヴィリーはクライヴの後ろに立っている。そしてイヴァンとクライヴの合間の前にミカエラが座り、ベリンダはテーブルの上の配膳が終わった後に台所近くで待機している。

奇怪《おかし》な光景だろう。この広い宮廷に五人しか人がいない。

滑稽だと笑える筈なのに、ミカエラは一人静かに待っていた。

だってミカエラにとっては罪状が解る日だ。いつ来るかと、早く来て欲しいと、待ち望んでいた日でもある。

待つ事がこんなにも怖いのだと、ミカエラは初めて知った。

ようやくと思う気持ちに恐怖が混ざる。やっと待ち望んでいた結末が知れると思う気持ちに恐ろしさが混ざる。これから自分の未来が解るから、ミカエラは無意識に震えてしまう指を握り込み目の前にいるクライヴを見つめる。

しかしミカエラの態度に気付いたのか、クライヴは笑いながら手を振った。

「あ～、硬くなるな。相談に来ただけだ」

「……相談、ですか」

「そう、相談」

真剣な顔をして座っているミカエラに、クライヴは軽く言ってリンゴ酒を飲んだ。

言われてから気付く。確かに国の大事な事を言いに来るのなら、国王と従者のみで来る事はないだろう。

二人だけで馬を走らせて来たのだから、冷静になれば公用で来たとは思わない。

ファーレンホルスト王国の犯した罪を償《つぐな》う為に、この戦いを終わらせる為に、ミカエラを公開処刑にするのならば見世物のような行列で来る筈《はず》だ。

そんな事に気付けないほど緊張していたのかと、目の前に置かれているグラスを取りながらミカエラは心の中だけで自嘲した。

落胆したというか気が抜けたというか、まだ自分の生死が解らないと思うと息苦しくなる。今が余りに平和で楽しくて、幸せが日常になっているから待つのは怖い。

「相談、ねぇ……俺達にか」

「お前達も当事者だろうが」

震える手でグラスを握って俯けば、イヴァンの声と呆れたようなクライヴの声が聞こえてきた。

低く静かな声はミカエラの心を落ち着かせる。よく通る声に安心して、最初はこの声が怖かったくせにと苦笑する。

「確かにそうだが、相談しないと決められない事があるのか？」

「ああ、ファーレンホルストの国王の話をしたら流石の親父も面食らってな。色々と意見も出たんだが……お前達の意見も聞いておこうかと思って来たんだ」

簡単に言うクライヴは気負いを見せない。自分を気遣っているのか性格なのか、解らないけどミカエラは居た堪れなくて俯いた。

だって、この現実は余りにも自分の想像と懸け離れている。

自分はただ責任を取りたかっただけだ。ファーレンホルストの王女として全ての罪を償い、最後まで助けてくれた使用人達を安全に逃がしたかっただけだ。

命乞いをするつもりはない。そんな事をできる立場ではないと解っている。むしろ自分の命一つで済む話ではないと思っている。なのに相談だなんて、想像もできない。

最悪を考えていた訳ではなく、最低でもそうなると思っていた。

「……それで？」

イヴァンの声にミカエラはビクリと身体を揺らす。

なんとなくイヴァンの声が刺々しいような気がする。低く静かなのは同じなのに、酷く冷たく感じる。

そこまで考えてから、ミカエラは恥ずかしくて顔を顰《しか》めた。

自分がイヴァンの何を知っているというのか。自分がイヴァンに何を教えてもらったというのか。

ヴォーリッツの騎士であり主君の仇討ちの為にファーレンホルストに来た。騎士として羨《うらや》ましがられるほどの体軀《たいく》を持ち、無口で無表情だけど優しい。愚痴《ぐち》も八つ当たりも受け止めてくれるぐらいに優しい。

それだけしか知らないのに、どうして声だけでイヴァンの感情が解ると思ったのだろう。

「俺達だけの判断で決めていい事じゃねぇだろ？　だから聞きに来たんだ」

「……それは俺にか？　それともファーレンホルストの王女にか？」

クライヴとイヴァンの会話に、ミカエラは慌てて顔を上げた。

意見だとか相談だとか簡単に言っていたけど、なんとなく嫌な予感がする。イヴァンの質問にも嫌な予感がして、思わずクライヴを見つめてしまう。

「両方に、だ」

飽くまでも軽く言うクライヴは、小さく笑ってからリンゴ酒のグラスを持ち上げた。

本当に簡単で軽い話なのか、それとも気を遣われているのか性格なのか。解らないけどまだ笑っているクライヴは、持ち上げたグラスを揺らしながらイヴァンを見た。

乾杯しようと言っているのかもしれないが、この状況で乾杯はないだろうとミカエラは眉を寄せてグラスをテーブルに置く。大体にして何を相談するというのか。どんな意見が欲しいのか、何も言わずに乾杯だなんて少し巫山戯《ふざけ》過ぎだと思う。

確かに戦いも終わり後始末となれば、アーリンゲ王国には大きな変化はないだろう。

国を失った訳でもなく、城を失った訳でもなく、戦いさえ終わればアーリンゲ王国には平和が戻る。しかしヴォーリッツとファーレンホルストは、戦いが終わってからも問題があった。

ヴォーリッツの城は井戸に毒を入れられ、ファーレンホルストにはミカエラと使用人達しか残っていない。アーリンゲ王国が下した結果次第ではヴォーリッツの人達は帰る場所もなく、ファーレンホルストの使用人達も国を追い出されてしまえば行く場所もない。

先の見えない怖さにミカエラは乾杯する気はなかったけど、イヴァンは顔を顰めて渋々といった感じで、クライヴのグラスにグラスを当てた。

硝子でできたグラスは、ぶつけ合うとキンと高い音が鳴る。

乾杯できたからなのか、それとも違う意味があるのか、クライヴは満足そうな顔をしてイヴァンを見る。その笑みが余計気に入らないのか、イヴァンは低い声で聞いた。

「それで？　どんな意見が聞きたいんだ」

「賛成か反対か。異論があるなら言ってくれ」

余りに軽く楽しそうに言うクライヴにイヴァンは無表情のままだが、もしかしたらいい案が出たのかもとミカエラは静かに二人の話を聞く。

自分の立場を考えたら口は出せないし出したくない。ファーレンホルストの使用人達とヴォーリッツが不利になるような案でなければ、何も言わずに頷きたい。

「……それで？」

「一番面倒じゃない案は、イヴァン、お前がこの国の王になる事だ」

しっかりと言い切ったクライヴに、ミカエラは身体の力を抜いた。

それがいい。それならば安心していられる。

この国はアーリンゲ王国の領土になると思っていたけど、イヴァンが国王になるのならファーレンホルストかヴォーリッツの国になるのだろう。

それにイヴァンがこの国の王になれば、きっとベリンダや使用人達は大丈夫だ。今でさえヴォーリッツの使用人達と仲良くしているのだから、このまま雇ってもらえるとミカエラは何故か信じている。

でも、それだけではないのか、クライヴは言葉を続けた。

「ここにいる、ファーレンホルスト王国の三女、ミカエラ・フォン・ファーレンホルストと結婚してからな」

「……はぁ？」

イヴァンも思わず声を上げているが、ミカエラは声すら出せそうにない。

何を言っているのか。アーリンゲ王国の国王ともあろう人が、何を言い出すのかとミカエラは開いた口が塞がらない。

実際イヴァンも同じ気持ちなのだろう。呆れた溜め息を吐いてから、クライヴに低い声で窘《たしな》めた。

「お前まで、いい加減にしろ」

「それが一番の案なんだよ、イヴァン」

だが今までの軽い調子が何だったのかと思うぐらいに真剣に、クライヴはイヴァンを見ながら説明を始めた。

この卑劣な戦いに終止符を打つには、原因であるファーレンホルストの国王を公開処刑にして収めるのが普通だろう。

それだけの被害があった。

それだけ酷い戦いだった。

隣国のアーリンゲ王国と、領地内の城伯への奇襲。余りの非礼と残虐さに騎士団までを引っ張り出したせいで、他国に噂として知れ渡るのも時間の問題だ。

もちろん事実が正確に伝わるのなら噂でもいい。だが噂は噂でしかない。肝心な部分を消し、好き勝手に誇張して尾鰭背鰭《おひれせびれ》をつける。

どんな噂となって他国に知られるのか、考えるだけで恐ろしい事だった。

しかし事実を話しても内容が内容なだけに、どう伝わるか解らない。まさか他国にまで事細かに伝えるなんて無理だろう。

だけど、このままにはしておけない。

戦いがあった事は事実で、ファーレンホルストの国王が卑劣な手を使ったのも事実で、騎士団までを引っ張り出し決着をつけたのも事実だった。

ならば、どうすればいいのか。

どうすれば噂となって流れても大丈夫なのだろうか。

「大体だな、ここでファーレンホルスト王国の三女を公開処刑にしてみろ、嫌な噂が流れるぜ。犠牲になった少女って事でな」

事実を知ったからといって、国王と血の繋がりがあるというだけの十六歳の女に、全ての罪を被せ公開処刑を行う事はできない。他国に事実を伝えたからといって、ミカエラを公開処刑にすれば何を言われるか解らないだろう。

そうすれば悪者になるのは被害者であるアーリンゲ王国とヴォーリッツになってしまう。

「……まぁ、それは俺も思っていた」

「だよな、ファーレンホルスト国王乱心の奇襲は嘘で本当は裏がある！　とか言われるよなぁ、子供の女を公開処刑にしたら」

事実を知らなければ、誰もがそう思うに違いなかった。

だが、事実を知っている者達だって、ミカエラに罪を被せれば懺悔《ざんげ》もできないほどの後悔を背負う事になる。

ミカエラの心情など関係ない。ミカエラの決心など無意味だ。

原因であるファーレンホルスト王国の国王に責任を取らせるのも無理ならば、一体誰が責任を取ればいいのか。誰も責任を取らなければ、迷惑を被った人達が理解する筈も納得する筈もなかった。

「何か納得できる事がなければ噂は広まる。何のお咎《とが》めもなしじゃ卑劣な手を使う輩が出るだろうし、ヴォーリッツに戻れないお前達が残る場所もない」

今この時点で、騎士団ですら知っている事実は少ない。

ファーレンホルスト国王の卑劣な戦いでアーリンゲ王国に被害が出たのと、ヴォーリッツの城伯一家を亡き者にしたという事だけだった。

ファーレンホルストの国王に何があったのか、王妃と姉がどうなったのか、そして家臣や親族がどうなったのか子供達に何があったのか、知っている者は酷く少ない。

「国王の代わりに王女を処刑しても、邪推するだけで誰も納得しない。だが、誰もが知るような公表が必要なんだよ。他国にまで聞こえる正式な公表、がな」

「……まさか」

「そ、ファーレンホルスト王国の唯一の王族と結婚すれば他国も呼べる。名実ともにお前が国王になればいいんだよ」

にぃっと笑うクライヴに、ミカエラは眩暈《めまい》で倒れそうになった。

確かにクライヴの言った事は最善の策なのかもしれない。だけど、どこまでイヴァンに迷惑をかければいいのか、一番の被害者なのに余りにも酷い。

こんな結末は望んでなかった。むしろ考えもしなかった。

「あ、あの！」

「なんだ？　婚約式と結婚式を同時にするから、アーリンゲも援助するぞ」

「そうじゃなくって！」

違う。そうじゃない。そんな失礼な事はできない。

主君である城主を亡くし仇討《かたき》ちの為に来たイヴァンに、これ以上の迷惑をかけられる訳がない。アーリンゲ王国だって被害を受けている。なのに援助なんて奇怪《おか》しいだろう。

責任を取る為に残ったけど、こういう事じゃないとミカエラは声を荒げた。

「私を、結婚じゃなくって、私を公開処刑にしてくださいっ！」

「……だから、なぁ」

「説明をすればいいじゃないですか。断頭台で、全ての罪を私が説明します」

元々そのつもりだったと、説明すれば解ってもらえると、ミカエラが言えば目の前にいたクライヴは目を丸くした。

どうして驚くのか。当たり前の事を言っただけだ。一番簡単な方法を提示しただけだ。

なのにクライヴから視線を外せば、台所の近くにいるベリンダまで驚いた顔をしている。クライヴの横に座っているイヴァンは顔を顰めているし、どうしてそんな顔をするのかミカエラには解らない。

どうして解ってもらえないのか、これが最善で簡単な方法じゃないのか。

ミカエラが唇を噛んで俯けばクライヴが呆れた声で言った。

「……潔《いさぎよ》いのは解るんだが……そういや前にも言ってたな。どうしてそんなに責任を取りたがる？　お前も被害者だろうが」

「……皆さんの方が被害者じゃないですか。私はファーレンホルスト王国の王女です。国王の父の罪を償う為に城に残ったんです。なのに、庇《かば》われるのは奇怪しいと思います」

それに何よりイヴァンに迷惑をかけるのは嫌だと、目を見て言う事ができなかったから

ミカエラは顔を上げた。

主君を殺され城に帰れないイヴァンに、自分がやった事といえば八つ当たりと泣きながら愚痴を叫んだだけだ。なのに慰めてくれた。罵倒する権利があるというのに、泣いている自分を慰めてくれた。

そんな人にこれ以上の迷惑をかけられるだろうか。

もちろん自分一人の命で全てを終わらせる事ができるとは思っていない。今まで王族の

娘として生きてきたのだから何かできるとも思わない。

だけど、もうイヴァンに迷惑をかける訳にはいかなかった。

「ヴォーリッツの方々がファーレンホルストに残るのは賛成です。ただベリンダやファーレンホルストの使用人達も残してください」

泣く事だけは許されないだろう。

元々、覚悟していた事だ。公開処刑になる事を覚悟して城に残った。

ただ想像もしなかったぐらい簡単に戦いが終わり、夢でも見なかったぐらいの日常を少し過ごしてしまったから怖くなっただけだ。

「責任を取らない父の代わりに、私はここに残りました。だから、私が、私だけが責任を取って……」

クライヴの目を見ながら言う。

どうか解って欲しいと懇願しながら、ミカエラは話す。

だけど隣から、まるで耳元で言われたような声が、ミカエラの心を突き刺した。

「……黙れ」

低く静かなイヴァンの声に、ミカエラはひくりと硬直する。

聞いた事のないイヴァンの声に足が震えるのが解る。無口なイヴァンとはそんなに喋ってないけど、本当に冷たい声で胸が苦しくなった。

何がいけなかったのかミカエラには解らない。

自分が公開処刑になればイヴァンだって面倒な事にはならないというのに、どうしてそんなに冷たい声を出すのか解らない。

ミカエラが硬直していれば、イヴァンはクライヴに話しかけた。

「ファーレンホルストの王女と俺は、親子ほどに歳が離れてるんだがな」

「あ〜、三十六？　と、十六か？　まぁ、よくある話だろう？」

「よくある話なのか？」

歳が二十違うのは貴族の中ではよくある話かもしれないが、本当に切羽詰まった時だけだろう。

国が傾き援助の為か、大国との関係を作る為か。莫大な財産を誰にも渡さない為か、どちらにしても婚約式だけを行い本当の結婚式はある程度の年齢になってからだと思う。

「なんだ？　イヴァンは結婚しない主義か？」

「カルステン様に生涯の忠誠を誓った身だ。あの方には大きな恩がある」

しんと静まる空気に、ミカエラは心臓が痛くなった。

自分が忠誠を誓った主君が亡くなっただけでも辛いのに、恩のある生涯までも捧げようとしていた人を国王が卑劣な手で殺した。それだけ酷い事をイヴァンにしたのだと、今までよりも胸に刻み込まなければならない。

息をするのも苦しくなる。空気が薄くなったような気がするけど、そう思っているのは自分だけだとミカエラは気付いていた。

「それで、他に案は出てないのか？」

「そうだな……後は金がかかってもベルクフリートを壊す事ぐらいかな」

大国であるファーレンホルスト王国のベルクフリートは簡単に壊す事などできない。戦いの中での最後の砦《とりで》だ。激しい戦いで外壁や城やパラスが壊されても、ベルクフリートだけ残る事も少なくない。

時間も金もかかる。高い塔を壊すのだから危険だって伴う。

何も言えない雰囲気になっていると、皆に聞こえるぐらい大きな溜め息を吐いたイヴァンは、クライヴだけを見て言った。

「他に案が出ないようならば、その案を呑もう」

静かな声で言うイヴァンにミカエラは何も言えない。

だって一番その案を呑みたくないのはイヴァンだろう。憎い憎い敵の娘と結婚だなんて、幾ら他国を納得させられる為でも辛いと思う。

私はいいけどイヴァンに申し訳ないと考えたミカエラは、やっぱり指先が震えるのを不思議に思いながら手を握った。


「ミカエラお嬢様。今晩から元国王の寝室をお使いください」

「……え？」

話の後にすぐクライヴとヴィリーはアーリンゲ王国に戻っていった。

この宮廷での会話を知らせる為か、それとも他の案を出そうと思ったのか。もしも他にいい案が出れば、イヴァンとの結婚の話はなかった事になる。

そうなって欲しい。これ以上イヴァンに迷惑をかけずに、そっと全てが終わればいい。

そう思いながら午後を過ごし夕飯が終わり、自分の部屋へ戻ろうとした時にベリンダに言われた。

余りに急な話で、ミカエラはベリンダを見て固まる。

いきなり何を言っているのかと思うが、ベリンダが嘘を吐いたり茶化したりする事はないと知っているからこそ驚く。

「イヴァン様とミカエラお嬢様との結婚は私達の願いでもありますから」

「……私、たち？」

「ええ。ファーレンホルストの使用人もヴォーリッツの使用人も、お二人が結婚して国を治めてくだされぱいいのにといつも言ってるんですよ」

嬉しそうにベリンダは言うが、ミカエラは眩暈を感じた。

どうしてそんな事になっているのか。お似合いだとか揶揄《からか》われたけど冗談だと思っていたし、そんな事をヴォーリッツの人達が本気で言っているとは思わなかった。

確かに使用人達は仲良くなったと思う。それは亡くなった人との関係が薄く、憎しみよりも恐怖に怯えていたからだろう。だから理由を知れば簡単に許せるし、同じ被害者同士と仲良くなれる。

だけど本来は敵同士で仇《かたき》だ。特にイヴァンの悲しみを知っているだろうに、どうして結婚させようと思うのか解らない。

でも、そんな疑問も消えるほど、恐ろしい事を言われたような気がした。

「お父様の……国王の寝室？」

父と母がいた寝室。

思い出というより不安と嫌悪しかない。母が亡くなってから行ってないし、あの部屋には父と実の姉がいたから行きたくない気持ちがある。

だけどベリンダはそんな事情よりも、国王の寝室という事で考えていた。

「もちろんですよ。ミカエラお嬢様とイヴァン様が結婚なされば、あの寝室を使うんですから」

にこにことベリンダはミカエラの手を取って国王の寝室に向かう。呆然としているから手を引かれるままに歩いて、宮廷から階段を上って更に廊下を歩いてパラスの三階の突き当たりまで歩かされる。

でも、駄目だ。国王の寝室には行きたくない。

ここにしか抜け道がないから一度来たけど、この部屋には怖い思い出しかない。

母が亡くなった時に父が篭ったのも寝室だし、父と実の姉が一緒に入ったのも寝室だ。

妹が見たと言っていて自分は見ていないけど、そんなふしだらな部屋で寝るのは嫌だ。

それに、この部屋でアマーリアが亡くなっていた。

国王を主君として慕い、忠誠を誓って滅茶苦茶な命令にも従っていた執事のリヒャルトの妻。仲の良い夫婦でリヒャルトが城にいた頃は楽しそうに喋っていたと思い出す。

優しかった。綺麗だった。柔らかい声で呼ぶアマーリアは、ミカエラも他の兄弟も懐いていた。

なのに、どうしてアマーリアが亡くなった部屋で眠らなければいけないのか。

もう国王の寝室の扉の前に来てしまったが、随分と酷い顔をしていたのかベリンダが苦笑する。

「お嬢様。結婚は国の為でもあります」

静かな声でベリンダは告げた。

何度も何度も言われた言葉だ。それは解っている。それが王族の女性に生まれた運命だと思っている。

だけど、国王の寝室で寝るのは怖い。まだ結婚すると決まってないのだから、何も今から国王の寝室を使う事はないとミカエラはベリンダを見つめた。

「解ってるけど……まだ、結婚と決まった訳じゃないし」

「……お嬢様。クライヴ様がお忍びでこちらにいらしたのは、それしか案がないんですよ。他にいい案があるのなら、お忍びではなく正式に来ていたでしょう」

窘めるように説得するように、淡々と言うベリンダの言葉に頷きたくない。

解っている。多分。だからクライヴがお忍びで来たと解っているけど解りたくない。

だって、コレはない。こんな事を望んではいなかった。

もしも、もしもだけどイヴァンとの結婚が決まれば、ベリンダの言う通りにこの寝室で寝なければならない。死を覚悟して残っていたけど、どちらが辛いとか怖いとか今のミカエラには決められそうになかった。

公開処刑での死の恐怖と、嫌悪感を感じる国王の寝室への恐怖。

どちらが怖いかというよりは、国王の寝室への気持ち悪さが際立った。

「イヴァン様はとても優しく頼りになる方です。あのお方がファーレンホルストの国王になっていただければ、元のようないい国にきっとなります」

「で、でも……」

「ミカエラお嬢様がイヴァン様と結婚なされば、ファーレンホルストの使用人達はこの城を追い出されないで済みますからね」

思い付いたように軽く言うベリンダに、ミカエラは息を飲んだ。

今更何を言っているのだろうと思うけど、イヴァンから返事をもらった事がなかったと気付いてしまった。

だから、多分。多分、大丈夫だと思う。だって優しいイヴァンならば、ファーレンホルストの使用人達も城に置いてくれる。

でもどうして、そう思っていたのか解らなかった。

ちゃんと聞いて答えをもらった訳ではない。イヴァンは優しいからと勝手に思い込んでいただけだ。

それにアーリンゲで再度協議の結果、ヴォーリッツだけの城にすると言われたらイヴァンにきちんと聞いておかないと不味《まず》い。ちゃんと頼んで、お願いして、皆に心配させないように二人きりで頼まないといけなかった。

「お嬢様？」

「……え？　あ、うん。お父様の寝室で待っていれば……来るのかしら？」

「ええ。まだ男性の方々はお酒を飲んでいらっしゃいますから、もう少ししたら来ると思いますよ。ヴォーリッツの人に頼んでありますから。ああ、それと」

ベリンダは微笑みながら、ミカエラの部屋で寝ると言った。

大国であるファーレンホルストのパラスには確かに沢山の客室があるが、いつもならばパラスに泊まるのは王族だけで付き人や騎士は使用人達の別棟に泊まっている。もちろん王族よりも使用人の方が多いから、どんなに沢山の人が来ているように見えても王族の人数はそんなに多くなかった。

だから一部屋一部屋は豪華だが、ファーレンホルストとヴォーリッツの使用人達を全員泊めるとなると部屋が足りない。一部屋に数人ずつ入ればベッドも足りなくなってしまうから、ファーレンホルストの使用人達は数人がソファで寝ている。

使用人達が使っていた別棟にある付き人達を泊めていた客室を使えば良かったのかもし

れないが、まだ別棟の掃除をするような余裕はなかった。

ミカエラとイヴァンは一人一部屋だったが、二人が国王の寝室を使うのならば部屋を空けておくのも勿体《もったい》無いだろう。

しかしミカエラとイヴァンの部屋はファーレンホルストの王族の使う部屋だったから、近しい人が泊まる事になったと言われた。

「なので、何かありましたらお嬢様の部屋に私はいますからね」

「……そう、解った」

言われた事は解ったけど、今のミカエラの頭の中は他の事でいっぱいになっている。

だって思い込んでいただけで、イヴァンにファーレンホルストの使用人達の今後を聞いていなかった。優しいイヴァンだから大丈夫だと、勝手に思い込んでいただけだった。

ベリンダに言われなければ気付かなかったと、ミカエラは胸に手を置き溜め息を吐く。

ちゃんと話をして頼んでおこう。ファーレンホルストの使用人達を城に残してもらえるように頼んでおかなければならない。

「それではお休みなさいませ。ミカエラお嬢様」

「……ええ、そう、ね」

散漫な思考を切ったミカエラはベリンダにお休みと言ってから、入りたくなかった国王の寝室の扉を開けた。

最初に目に飛び込むのは蠟燭の明かり。

この部屋は二部屋あって、扉から入ってすぐにはソファとテーブルがある。細工が美しい食器棚には酒やグラスが置いてあり、毛足の長いラグが敷いてある。

その奥が寝室だ。

今は扉が開いているけど、敵が侵入してきた時に時間を稼げるよう重い扉がある。天蓋付きの大きなベッドの裏にある衝立の向こう側に、抜け道にもなっている暖炉があった。

そっと息を吐いて、閉じられた扉に背を当ててミカエラは周りを見渡す。色と模様の変わったラグに、食器棚から幾つもの酒瓶とグラスがなくなっている。

蠟燭の明かりが頼りなく揺れているから、黒く曖昧《あいまい》な影が部屋を舐めていた。

床だけを見て、視界に入る揺れる影を追い出して、ミカエラは足早にソファに座る。

早く。早くイヴァンが来れば話ができる。だから早くして欲しい。

だって怖い。アマーリアが亡くなったのは扉から入ってすぐで、ソファに座っているミカエラが顔を上げれば視界に入ってしまう。

ゆらゆらと揺れる影が躍っている。ここに亡骸があったと教えるように揺れている。心臓の音と硝子窓を叩く風の音と自分の息の音が苦しくて、どんどんと怖さが増してきた。

背徳の空気が恐怖を煽《あお》る。この部屋で何が行われていたのか知らないけど、教会の教えに背き禁忌《きんき》に触れた罰が残っているような気がする。

知っているから怖い。

この部屋で何があったのか知っているミカエラだけが怖いのかもしれない。

でも怖いものは怖いから、早く早くと願っていれば扉の向こう側から歩いてくる音が聞こえてきた。

ゆっくりと歩いてくる音に焦れて、ミカエラはソファから立ち上がる。イヴァンがここに来る前に扉を開けようと思ったが、アマーリアが亡くなった所を何度も踏みたくなくて立ったまま待つ。

ノックの音が聞こえてきて、ゆっくりと扉が開いた。

「……どうぞ、お入りくだ、さい」

開いた扉からイヴァンの姿が見えて、ミカエラは安堵の溜め息を吐く。まだ心臓の音は早いけど、それでも部屋の温度が上がったような気さえする。

できればもっと傍に。怖くないぐらい近くに来て欲しい。

「あの、ここに……」

この部屋が怖かったから、一人で怖かったから、ミカエラは自分が座っていたソファを叩いた。

だがその仕草を見たイヴァンは扉の所で手を振る。廊下と部屋の境目に、扉がある場所に立ったまま静かな声を出す。

「俺は元の部屋で寝るから安心しろ」

静かな声がイヴァンの気持ちを淡々と伝えてきて、ミカエラは意味を理解するまで少しの時間がかかった。

何を言っているのだろう。イヴァンは何を思ったのか。もしかしたら未婚のミカエラに悪いと思ったのかもしれない。政略結婚とはいえ結婚も確定していない状況で、男女が同じ部屋を使うなんてイヴァンも奇怪しいと思っているのだろう。きっと青い顔をしている自分を見て、意に染まない同室に怖がらせたと思ったのかもしれない。

でも、そうじゃない。

怖いのはイヴァンじゃない。

「ち、ちがっ、お願いしますっ、ここに、ここに座ってください」

「……………」

震える声で言えばイヴァンは首を傾げて、溜め息を吐きながら部屋の中に入ってきた。

イヴァンが押さえていたのか、開いたままだった扉がギィっと嫌な音を立てて少しだけ閉まる。その音を気にする風でもなく、立派な体軀に合う長い足でソファまで歩いてくる。

扉は閉めない。鍵をかける事はしない。

まっすぐ歩いてきたイヴァンは、ミカエラの隣に腰を落とした。

ソファの端と端に座っている自分達は滑稽《こっけい》かもしれないが、イヴァンが気を遣ってくれたと解るから凄く安心する。

「……どうした？」

低い声で尋ねられ、ミカエラは身体ごとイヴァンの方を向いた。

やっぱり無表情のままだけど、尋ねる声が優しかったような気がする。確かにまだ怖いし不安だけど、もしかしたら随分と必死な目を向けてしまったのかもしれない。

だけど指がまだ震えているから隠そうとすれば、イヴァンはミカエラの頭を優しく撫でてくれた。

「この部屋……から、逃げようとしていたのを思い出して」

本当の事なんて言えない。

この部屋で父と伯母が何をしたのか、扉から入ってすぐの所で国王に最後まで尽くした人が亡くなったなんて言える訳がない。

家臣達は父と伯母の関係をファーレンホルストの恥だと言っていたけど、ミカエラにとって神の教えを冒瀆し禁忌《きんき》を犯した恐怖でしかなかった。

だから言いたくない。本当の事なんて言えない。元の部屋に帰りたいなんて、この部屋で眠るのは怖いなんて言える訳がない。

何も知らないイヴァンにこの部屋を押し付けて帰りたいとまで考えて、酷い事を考えてしまったとミカエラは俯いた。

「……ごめんなさい」

ほろりと心の声が零れる。もっと冷静に謝りたいのに、イヴァンと二人きりになってしまうと感情が乱れる。

どうしてだろう。どうしてイヴァンにだけ、一番迷惑をかけてはいけない人だと解っているのにミカエラの心は軋み出した。

「本当に、ごめんなさい……迷惑ばかりかけて、本当にごめんなさい」

何もかもイヴァンに頼っている。全てをイヴァンに押し付けている。ファーレンホルストの王女として責任を取る為に城に残ったというのに、結局ミカエラは何もできなかった。

本当にどうしようもない。

そっと、頭から離れていくイヴァンの手に胸が痛んだ。

罪悪感からなのか寂しいからなのか、痛い感覚が強くて考えられない。しかもイヴァンの手が離れると、何故か不安になってミカエラは口を開く。

「ベリンダが何か言ったかもしれないけど、みんな私を心配しているだけなんです……それに他の案があるかもしれないし……本当にごめんなさい」

別に相槌《あいづち》を求めている訳でもない。意見が欲しい訳でもない。

ただ不安になって喋っていれば、ベリンダの言っていた大事な事を思い出した。

「あの、もしも、もしもなんですけど……」

頼まなければいけない事がある。

これだけは頼んでおかないと不味い事がある。

「アーリンゲ王国で新しい案が出て、それで、もしも、私がこの城を出る事になったら、ファーレンホルストの使用人達はどうなるんでしょうか？」

震える手を握り込んでイヴァンを見た。

本当に自分はどうなってもいい。自分を守ってくれた人達を助けたくて、この戦いを終わらせたくて、独りになりたくないから城に残った。

きっとイヴァンならファーレンホルストの使用人達も助けてくれる。

そう思っていたけどベリンダに言われて不安になった。

「お願いします。ベリンダ達はこの城の事も良く知ってるし、凄く働き者で優しくていい人だから、私がいなくなっても……」

「……そんなにこの城から出て行きたいのか？」

「え？」

酷い溜め息を吐いたイヴァンに言われて、意味が解らないとミカエラは首を傾げる。

だって、どうしてそんな事を言うのか。どうして城を出たいというのか。できる事なら今までのような生活をしたいけど、そんな事を願える立場じゃないだろう。

解っている。解っていた。

だからせめて、せめて使用人達をお願いしているのに、どうして解ってくれない。

「城から出たいとか……自分の意思でどうにかなると思ってません。ただ、もしもの話をしているんです。もしも、私がいなくなったら、私がいなくなった時の話を……」

「子供はそんな事を心配しなくていい」

きっぱりと言い切られ、ミカエラは目を丸くしてイヴァンを見つめた。

それはどういう意味だろう。心配しないでいいというのは、自分の心配している使用人達の今後を面倒見てくれるという事なのか。それとも子供だから使用人達の今後を気にするなという事なのか。解らないけど胸が痛い。イヴァンがどんな意味で言ったのか解らないけど、本当に解らないけど指先が震えた。

「……も、もう、子供じゃ、ないです」

「まだまだ子供だ」

「子供でもっ、私はファーレンホルスト王国の王女です！」

望むと望まざるとに拘わらず、ミカエラは生まれた時からファーレンホルスト王国の王女でしかなかった。

きっと羨ましがられる地位だろう。飢えの心配もなく綺麗なドレスを着て華やかな場所にいるのだから、誰もが羨む生活だと解っている。

でも、自分が望んだ訳ではなかった。

生まれた時から決まっている事だった。

「もう十六になりました。来年には婚約式をして、一年間のお披露目時期を過ぎてから、結婚という話もありました……」

もう子供じゃない。子供だからで許される罪ではない。

解っていたから城に残った。戦いの最中に声を張り上げて、責任を取ると悲鳴のような声を出した。

それを助けてくれたのはイヴァンだった。きっとイヴァンがいなければ、ミカエラが想像していた通りの結末になっていただろう。

「十三歳の妹も嫁いでます。子供に見えるかもしれないけど……貴方にとって私は子供かもしれないけど……そんなこと、言わないで、ください」

ファーレンホルスト王国の王女として、ミカエラは全てを覚悟していた。

ベルクフリートに篭った国王など当てにならない。兄も妹だっていなくなったのだから、誰かが責任を取らなければならない。

なのにどうして無視されなければいけないのか。どうして蚊帳《かや》の外にされるのか。

もちろん本当は城を出たくなんかない。昔のようにベリンダや他の使用人達と一緒に、この城で暮らしていきたい。

だけど、そんな事を望める立場ではないと、ミカエラだって知っていた。

「……子供でもファーレンホルストの王女です。貴方に、王族の何が解るんですか？　私だって好きで王族に生まれたんじゃないです」

「………」

「ファーレンホルストの王女として結婚しろと命令されたら、相手がどんな方でも私に拒否権はありません。でも、命令じゃないなら、ずっと、迷惑かけたから」

黙っているイヴァンに喋り続けるのは辛い。

怒っているのか笑っているのか軽蔑しているのか諦めているのか、無表情のイヴァンの目を見てもミカエラには解らない。

「無理に私と結婚する必要はないと思います。他の案を出せばいいと、アーリンゲ国王に言ってください。だって、貴方は、私を、庇う必要も、守る義務もないんだから……」

「……大変だな、王族も」

大袈裟な溜め息が聞こえてきて、ミカエラの身体に緊張が走るが唇を噛んで耐えた。

じっと見つめてくるイヴァンの心が解らない。どう思っているのか、無表情だから想像もできない。

でもそっと手を上げて、ミカエラの頭を撫でてくれた。

「……………?」

ゆっくりと髪を撫で付けるように、何度も何度も撫でてくれるイヴァンをミカエラは見つめる。今までと同じように撫でてくれる手は優しく、なんとなくイヴァンの瞳も優しいような気がする。

「……あ、あの？」

「ファーレンホルストの、王女か」

困ったような悩むような不思議な表情を浮かべたイヴァンに何かを感じて、ミカエラは解らなかったけど心が温かくなった。

何だろう。なんだか妙に気恥ずかしい。むずむずとする何かにミカエラは頬を染める。どうしてなのか解らない。子供だと決め付けられた時には酷く心が痛かったのに、何故か今は酷く落ち着かなかった。

「……贅沢だと解ってます。望んでいた訳ではないですが、それでも私はファーレンホルストの王女なんです」

言いながら視線をイヴァンから外して窓を見る。

なんとなく気恥ずかしくて居た堪れない。撫でてくれる手は凄く気持ちいいのに、優しい手がある限りはミカエラの顔は元に戻らないだろう。

だって撫でていた手が髪を梳《す》いて遊ぶ。ゆったりと指で梳いていくから、ミカエラの金の髪はさらりと落ちる。

頭皮に当たる指の腹で、イヴァンの指の太さを知った。

無骨な指は硬く厚く、剣を握る為に作られたと解る。厚い掌に頭を撫でられると嬉しくなり、無骨な指に掻き混ぜられれば苦しくなる。

何をしているのか。どうしてそんな事をするのか。髪を撫でて顔にかかった髪を避けるように頬を撫でていく指は何を考えているのだろう。

そして、どうしてイヴァンに頭を撫でられると安心するのか、ミカエラが考える前にイヴァンが低い声を出した。

「……そうか」

ぽんと、ミカエラの頭を軽く叩いたイヴァンは、金色の髪から手を離す。

気恥ずかしくて外していた視界には窓硝子《ガラス》しかなくて、ミカエラの目には暗闇しか映らない。窓の外は真っ暗で、月の明かりも見えないのに蠟燭の光りが揺れる。

だからなのか、酷く肌寒く感じてミカエラは小さく震えた。

やっぱり寂しい。さっきまで気恥ずかしかったくせに、イヴァンの撫でてくれる手がなくなれば寂しくなる。

だから窓硝子に映るイヴァンの影を追っていれば溜め息が聞こえてきた。

「ならば……子供ではなくファーレンホルストの王女ならば言おう」

低く静かな声。よく通る声は鼓膜を揺さぶり脳に響く。

言葉よりも音。意味よりも音色。

だから少し気付くのが遅れて、ミカエラは慌ててイヴァンの目を見つめた。

「……はい」

「結婚は不本意だが、原因である本人以外の犠牲を出さずに済むならば、式を挙げても構わない。ファーレンホルストとヴォーリッツの使用人もこの城に残すつもりだ」

淡々と言うイヴァンの声にミカエラは気付く。

結婚は自分の為ではない。自分のプライドや矜持《きょうじ》の為に、この戦いが終わらなければ意味がない。

それはもちろんイヴァンの為でもなかった。

きっと自分はまだ子供なのだろう。迷惑をかけたくないと思っていても、既にイヴァンも自由が利く身ではない。

「……そう、ですよね。でも私が公開処刑になれば誰にも迷惑をかけないと思ったんです」

主君を奪われ住む場所を壊されたイヴァンに迷惑をかけたくなかった。

ただ、それだけだ。この結婚の相手がいっそアーリンゲの国王ならば、ここまで反対しなかったと思う。王族としての運命だと諦める事ができたと思う。

イヴァンは一番の被害者だから、父が一番酷い事をした人だから、ミカエラは迷惑をかけずに済むならばと思っていた。

そう、それだけ。それだけだ。それだけだと思う。

「戦いを始めた国王でもなく、参戦していた訳でもない三女が公開処刑になっても、誰も納得なんざしない。ただの生贄だったと思われるのがオチだ」

「説明しても……」

「強要されたと思うだろうな」

落ち着いて考えてみれば確かにその通りだ。

仇の娘と結婚しなければならないイヴァンが可哀想だが、ミカエラができる事など何もない。ファーレンホルスト王国の王女として戦いを終わらせる為に残ったけど、結局はイヴァンに迷惑をかけただけだった。

何もできない。一つも思い通りにならない。ファーレンホルストの王女といっても、何もしてあげられる事はない。

急に力が抜けて、ミカエラは溜め息を吐いてソファの背凭《もた》れに背を預けた。

何もかもが無駄で虚しくなる。必死になって責任を取ろうとしたけど、イヴァンに迷惑をかけただけで終わった。

「……他の案、出ると思いますか？」

くったりと背凭れに背を預け真っ黒な窓硝子を見ながら言えば、イヴァンは何も言わずにミカエラの頭を撫でた。

くしゃりと長い髪を乱すように撫でてくる。厚みがあって太い指に地肌を撫でられると、安心するけど擽ったい。

「ですよね……他の案なんて、出ない、ですよね……」

イヴァンは何も喋ってないのに、どうしてかミカエラは言いたい事が解っていた。

本当に可哀想だ。自分ではない。イヴァンが一番可哀想で辛いだろう。

仇討ちしに来た国に住まなければならない。そして仇の娘を妻にしなければならない。

「ごめんなさい……本当に……」

「気にしなくていい」

優しいイヴァンの言葉にミカエラは泣きそうになった。

せめていい妻になりたい。イヴァンを国王を支えられる妻になって、この国を元に戻して幸せにしたい。政略結婚だとしても幸せになっている夫婦は多いのだから、きっと頑張れば大丈夫だ。イヴァンを幸せにしてあげたい。

そう思えば心が温かくなる。

イヴァンの妻になるのだと思えば安心できた。

「……まぁ、結婚つったって夫婦になる必要はないだろう」

「え？」

「他国が納得して戦いが終わればいい。お前に、本当に好きな男が現れたら見送ってやるから安心しろ」

「………………」

言葉が、イヴァンの口から出た言葉が、ミカエラには理解できなかった。

いや、言葉じゃない。心臓に突き刺さるナイフのようだ。

だって奇怪しいだろう。幾ら政略結婚でも結婚は結婚だ。ミカエラの上には姉が二人いるけど、二人共嫁ぎ先で夫と仲良くしている。何であろうと教会に認めてもらう結婚なのに、どうしてそんな事を言うのかとミカエラは唇を噛んだ。

喉が痛くて胸が痛い。イヴァンの言葉一つ一つを考えると苦しくて、何を言っているのか理解したくない。

いや、理解しているからこそ、ミカエラは心を引き千切られた。

だってイヴァンにとっては当然の未来だ。当たり前に口から出るほど、教会が認める事なんか関係ないほど、自然な提案であり真実だ。自分の主君を亡き者にした仇の娘と結婚なんてしたくないに決まっている。そんな事は解っている。解りたくないけど解っている。

父が始めた卑劣な戦いは、イヴァンにとって最悪な記憶しかないだろう。

イヴァンは優しいけど、それは自分が子供だからと解っている。

ファーレンホルスト王国の王女としてならば、結婚相手としてならば、イヴァンだって自分に優しくできる訳がなかった。

「……この、戦いが、本当に終わったら……皆が忘れてしまったら、貴方も好きな人の所に行ってください」

できるだけ何でもない事のように言う。それが当然だと、イヴァンの意見に賛成だと、ミカエラはさらりと言う。

震えそうな指先を握り込んでイヴァンを見つめて微笑んだ。

胸が酷く痛むけど、これでようやくイヴァンに迷惑をかけずに済むと安心する。なんだか凄く泣きたいけど、これがイヴァンの望む事ならば叶えてあげたい。

少しの間だけ沈黙が流れて、蠟燭の芯《しん》が燃えるじじっという音だけが部屋に響いた。

「……しかし、どうする?」

「え?」

沈黙を破るようにイヴァンが言うけど、ミカエラには意味が解らない。何がどうするのか、首を傾げていればイヴァンは肩を竦《すく》めて言う。

「まさか、同じ部屋で寝る訳にもいかないだろう?」

「あ、ああ……そうですね」

言われた意味が解ったミカエラは、国王の寝室の中をゆっくり見渡した。

窓硝子に映る漆黒の闇。揺れる蠟燭の明かりに踊る影。落ち着けばここで何があったのか思い出して、ミカエラは慌ててイヴァンを見る。

「……あの」

「他に空いている部屋があるか？」

「空いている部屋……一つの客室を何人かずつで使っている状況なので、多分ないと思います。私の部屋もベリンダが使うって言っていたし」

溜め息を吐いて肩を落とすイヴァンに、ミカエラは本当の事を言うか悩んだ。

この部屋は父と伯母が禁忌を犯した部屋で、扉の近くでは国王に最後まで忠誠を誓っていた執事の妻が亡くなっている。

できれば、自分はこの部屋で寝たくない。

同じ部屋で寝るのが嫌ならば、自分がこの部屋を出ていきたい。

言うか言わないか悩んでいるうちにイヴァンはソファを叩き、ミカエラを見て言った。

「部屋がないなら、俺はこのソファで寝る。二部屋あるし扉もあるからな」

「え？　扉、閉めるんですか？」

本気で驚いた声を出したミカエラをイヴァンは不思議そうに見るが、そんな事を気にしている余裕はなかった。

だってこの部屋であのベッドで、一人で寝なければならない。しかも扉を閉めてしまえば、本当の一人きりになってしまう。

確かにこの状況ではそれが一番なのかもしれないが、ミカエラはそっと寝室の方を見てからイヴァンに向き直った。

「あの、この部屋のベッドは広いですからっ」

もう何の痕《あと》も残っていない。

アマーリアが亡くなっていた扉近くのラグも取り替えられているし、暗くて解らないけど天蓋の布も布団も枕も変わっているだろう。

それでも怖い。この部屋には残りたくない。ならばイヴァンに全てを告げて、一緒に寝てもらうしかない。

蠟燭の明かりに揺れる影が襲ってくるようで、ミカエラは青い顔でイヴァンに頼んだ。

「一緒に寝ても、その、大丈夫です」

「……何を」

「じゃぁ、私が、私が前の部屋に戻りますから」

「戻れるのか？」

余りに慌てて説明ができなくて、思わず言ったミカエラにイヴァンは冷静に問う。

戻れるのかと聞かれれば、きっと戻れないだろう。今までの部屋にはベリンダがいる。

そのベリンダに、これから国王の寝室を使ってくださいと言われたのだから、戻れば何があったのかと心配されてしまう。

そこまで考えて、ミカエラは説明をしていなかったとイヴァンを見た。

「あ、あの……この部屋は父の、国王の寝室で、私には余りいい思い出がないんです」

「……」

「そこの、扉の近くで、アマーリアが亡くなったんです……父に、最後まで従っていた執事リヒャルトの奥さんでした」

知っている人が亡くなるのは辛い。その亡骸があった部屋にいるのも辛い。しかも原因が自分の父だったら、申し訳ない気持ちと恐怖が混ざって苦しくなる。

でも、それが普通だと思っていた。この部屋にいたくない理由を言えば解ってもらえると思っていた。

なのにイヴァンは無表情のまま、淡々とミカエラに言う。

「……そうか。それで？」

「え？　そ、それと……この寝室は父と伯母が使っていて、だから」

それ以上何も言えなくなったミカエラの頭を、イヴァンはぽんと叩いた。

もしかして、誰もが解る普通の感情だと思っていたけど、自分だけだったのだろうか。

自分の父のせいで亡くなったかもしれない知人の亡骸があった場所にいたくないだとか、

教会の教えを破り禁忌を犯したかもしれない部屋にいるのは嫌だとか、普通だと思っていたけど違うような雰囲気がある。

だってイヴァンはアマーリアが亡くなった場所すら見ない。

ただミカエラの頭を撫でている。

「だから……この部屋は、嫌いなんです」

「そうか」

「この部屋で、眠るのは怖いから……できれば一緒に寝て欲しいんです」

「……そんなに怖いのか？」

冷静に聞かれて、ミカエラは頷いた。

同調してくれないイヴァンに、怖いと言うのは恥ずかしかったが事実だから仕方がない。

そんな事が怖いのかと言われても、本当に怖いから素直に頷く。

「………怖く、ないですか？」

「怖くはないな。人が亡くなる事は必然だ」

確かにその通りだろう。人が亡くなるのは必然であり摂理だけど、ミカエラは身近な人の死を経験した事がなかった。

当たり前の事だと言われても、感情がついていかない。どこで亡くなろうと誰が亡くなろうと事実に変わりはないと解っていても精神的に無理だと思う。

それに怖いと思うのは、亡くなる原因が父にあるからだった。

きっと教会は許してくれない。神に許されなかったら、どこに行くのだろうか。アマーリアの事だけではない。母が亡くなってからの全てが許されないと思った。

「……教会の教えに反してるし、だから」

「そうか。だが俺は、余りいい育ちをしてないからな。教会の教えも信じてない」

「え？」

「俺にとってカルステン様だけが信心の対象だ」

優しくミカエラの頭を撫でながら言うイヴァンは、唇の端を持ち上げ薄く笑った。

もしかして慰められているのだろうか。イヴァンが笑っている所を見るのも初めてだけど、言った言葉が重くて慰められているとしか思えない。

教会の教えを信じていない人がいるだけでもミカエラにとって衝撃的だが、教会よりも信心している人を父が奪ったと思えば全身が冷たくなる。なのにイヴァンは優しく優しく壊れ物を扱うように頭を撫でてくれるから、どうしていいか解らなくなった。

「……ヴォーリッツの城伯？」

「ああ。死にかけの俺を拾って騎士にまでしてくれた」

多くを語らないから胸に響く。簡潔に言うから大事な事だと解る。イヴァンの神を父が殺してしまったと思えば、ミカエラは目の前が真っ暗になるほど絶望した。

どうして。本当にどうして。どうして父はこんなに酷い事ができたのだろうか。

自分に向かって微笑んでくれたイヴァンの顔を見つめられない。余りに酷い事をしてしまったから、泣く事も許されないような気がする。

「……ごめんなさ、い」

「謝るな。お前が悪い訳ではないし、人が亡くなる事は必然だ」

撫でてくれるイヴァンの手を摑んで下ろしたミカエラは、大きな手をぎゅっと握った。

酷い事をしたと思っていたけど、真実を知れば酷いなんて話じゃない。イヴァンにとっての神を殺したと、それがどれだけ酷い事なのかミカエラには計り知れない。

「ほんと、に……ごめんなさい」

摑んでいるイヴァンの手を見ながら謝れば、反対の手で頭をぽんと叩かれた。

ひくりと揺れれば摑んでいる手まで動き、ミカエラの手を握り締める。大きな手。手を握られればミカエラの手はイヴァンの手の中に消えてしまう。

何だろう。なんて言えばいいのだろう。

大きな手が、イヴァンの厚く無骨な手が、温かくて熱くてミカエラは泣きそうになった。

「ほら、寝るんだろう?」

「あ……」

イヴァンが立ち上がれば、手で繋がれているミカエラは引っ張られる。まるでソファの背凭れにかけた上着のように、テーブルに置かれたリンゴのように、簡単に引っ張り上げられてミカエラも立つ。

こうやって隣に並べばどれだけ身長差があるのか解って、イヴァンと手を繋いでいるだけで安心できると知った。

だから扉の開いている寝室に行ける。何も怖くないというイヴァンに手を引かれ、入りたくなかった寝室に入る。

二人で歩いてきたからか空気が動いて、揺れる蠟燭の明かりに黒い影がベッドを襲った。ゆらゆらと、さっきよりも大きな影が揺れている。思った通りに寝室にある天蓋付きのベッドは別物のようで、なんとなく知らない寝室にいるような気さえする。

布団も枕も天蓋の布も違う。下に敷かれているラグも違えば、壁にぐるりと飾られていた歴代王の肖像画もなかった。

だけどどうしてか、言いようのない気持ち悪さと恐怖が襲ってきてミカエラは小さく震える。大きな手を握る事ができないから、無骨な指をぎゅうっと摑む。

「怖がりの子供に添い寝してやろう」

「子供じゃないです……けど、お願いします」

この部屋で眠れる自信がないから、ミカエラはイヴァンを見上げてから頭を下げた。

イヴァンは繋いでいない方の手でミカエラの頭をくしゃりと撫でる。並んで立つと丁度頭一つ半違うから、イヴァンには撫でやすい位置なのだろう。それでもすぐに頭を撫でる所を見ると、イヴァンにとって自分は子供なんだと思い知らされた。

そんなに子供っぽいだろうか。自分ではもう大人のつもりだし、実際ここ数年は子供扱いされた事がない。結婚の話だって纏《まと》まっていたのに、ここまで子供扱いしなくてもいいと思う。

だって寂しくて苦しい。優しくしてくれて許してもらえるのは嬉しいけど、イヴァンにとって自分は子供でしかないと思うとどうしてか悲しかった。

そんな事を考えながら俯いていれば、視界にベッドが入り込む。本当にここに寝なければいけないのかと眉を寄せれば、イヴァンが軽い声で言う。

「服は着たままだ。いいな?」

「もっ、もちろんです!」

ミカエラの手を握ったまま、イヴァンは軽く言いながら布団を捲り上げた。

簡素とはいえドレスを着たままベッドに入るのは二度目で、余程疲れてないとごわごわしているから寝難い。いつもなら天蓋の布を下ろし裸で布団に入るのに、服を着たまま寝るのではイヴァンも疲れが取れないかもしれない。

しかしベッドに入れば繋いでいた手を離すから、少し怖くなってミカエラは声を出した。

「おやすみなさい」

「……もう怖くないか？」

「揶揄《からか》わないでください。一人じゃないから大丈夫ですっ」

もぞりと動いてミカエラはイヴァンから少し離れる。国王の部屋のベッドが大きかったから、動いてもイヴァンに迷惑にならないから安心する。

「そうか。おやすみ」

低い声が鼓膜を揺さぶり、ミカエラはそっと目を閉じた。

瞼を閉じて暗闇が訪れると、くらりと視界が揺れた気がする。体格のいいイヴァンと寝ているから、布団が持ち上がっていて隙間ができて寒い。

だけど、ほんのりと片側が温かいから、ミカエラはもう口を開かなかった。

本当に安心できる。イヴァンが近くにいてくれるのなら、きっと怖い物はなくなるのだろう。守ってもらえる立場に喜び、子供だから守ってもらえると思うと苦しくなった。

これは、どういう感情なのか。

王族の娘として生まれて、愛や恋は必要ないと教わった。国の決めた場所に嫁ぎ子供を産んで、それが王族の娘の宿命だと教えられた。

だからこれは恋だとか愛だとかじゃないと思う。

それじゃ余りにも辛過ぎるし、絶望しか残されていない。

考えると怖くなるから考えないで、ミカエラは無意識に温もりを求めてイヴァンに寄り添った。

# 第三章　想いを零して

結婚という案を持ってきたアーリンゲの国王がファーレンホルストから帰って、たった二日で戻ってきた。

最初に来た時はゆったりと跳ね橋を渡り庭園で馬を繋いでパラスに来たのに、今回は馬に乗りながら叫んでいる。何を叫んでいるのかパラスの中では解らないけど、庭園にいた使用人達が聞いてパラスに駆け込んでくる。

しかもイヴァンとミカエラを呼びながら、恐ろしい事を叫んでいた。

「ファーレンホルスト国王が！　フォルクマール・フォン・ファーレンホルストの亡骸《なきがら》が見付かったそうですっっ！」

大きな声が、悲鳴のような叫びが、広い宮廷に響き渡る。

誰もがその声に目を丸くする。何を言っているのだと不審な顔をし、走ってきたのか肩を上下させる使用人に首を傾げる。

「……何を？」

「だからっ、兎に角っ！　庭園にアーリンゲの人がいますから！」

「左っ、左だったんですよ！　あ、違う右か、右だ！」

混乱している使用人が何を言っているのかも解らないから、ミカエラはその場で首を傾げていた。

だって奇怪《おか》しいだろう。誰の何が見付かったのか、何が誰に見付かったのか。ミカエラの頭は言葉を拒否するのか本当に解らない。

だからか、ミカエラの代わりにイヴァンが使用人の後を追う。開け放たれている扉から消え、唐突に静けさが戻ってくる。

一瞬、誰かの呼吸音までが聞こえてきそうな静けさの後、ざわりと周りがどよめいた。ぼそぼそというよりはしっかりと聞こえてくる声。ベルクフリートにいる筈《はず》の国王の亡骸が見付かったとか、どうしてアーリンゲの国王が来たのかと話している。

でも、それは奇怪しい。国王の亡骸がこの城以外で見付かる訳がなかった。

誰もが知っている。国王がベルクフリートに入り自ら鍵をかけ、誰も入れずに困っていたと知っている。だからもしも亡くなったとしても、亡骸は誰にも見付からない筈だ。

最悪な話をすれば、乱心した国王がベルクフリートから飛び降りるかもしれないという事か。それでも亡骸が見付かるのはファーレンホルストの城の中での話だった。

「……ねぇ、ベリンダ」

「何ですか？　お嬢様」

それとも自分が知らないうちにベルクフリートの鍵が開けられたのかと、ミカエラは開け放たれた扉の向こう側を見ながら呟く。

「お父様、ベルクフリートにいるんだから、間違いよね」

「ミカエラお嬢様？」

「誰が嘘吐いたんだか知らないけど……酷い嘘」

騒ぎを聞きつけたのか宮廷にいなかった使用人達も来て、一体何が起きているのかとざわついた雰囲気になった。

でも本当に何が起きているのか解らない。国王の亡骸が見付かって、左だとか右だとか意味が解らない。

だから皆が首を傾げて憶測を話し合っていると、宮廷の扉にアーリンゲ国王の従者であるヴィリーが立っていた。

「……こちらにベルクフリートを監視していた方はいませんか？」

前にも告げた筈だが、ベルクフリートを監視していたのは庭師なので、宮廷の中にいる筈がない。

だから当たり前だが誰も名乗りを上げないので、ファーレンホルストの使用人達を纏《まと》めているベリンダが一歩出る。

「出入り口を監視していたのは庭師なので、こちらにはいません。皆、庭に出ています」

「そうですか。では、他に庭園に出る仕事の方はいませんか？」

「他の使用人が外に出るとなると、小麦や保存食を取りに行く程度ですね。庭師のようにずっと外にいる事はありません」

本当に意味が解らない。どうしてそんな事を聞くのか、そんな事を聞いてどうするのか、皆がお喋りを止めてベリンダとヴィリーを見る。

驚いてはいるが毅然とした態度で立つベリンダと、眉を寄せながら困惑の表情をしているヴィリーに誰も声が出せない。

「……今から、アーリンゲ国王がこちらに参ります。皆様とお話がしたいので準備をしてください」

暫《しば》らく悩んでから、ヴィリーは宮廷を出ていった。

意味が解らないけど心臓がバクバクする。嫌な予感がして、背筋に悪寒まで走る。何だろう。何が起きるのか。何が起きてしまったのか考えたくない。

誰も何も言わないうちに、ざわざわとしていた空気にも戻らないうちに、扉から外に出ていた者達が一言も喋らずに戻ってきた。

クライヴを先頭に、ヴィリーとイヴァンが並んで入って来る。皆が酷く青い顔をしているのが怖い。遅れて入ってきた庭師達も喋らないから、宮廷に残されていた使用人達も声も出せずに顔色を青くした。

「……飲み物の用意だけしましょうね。ヘラ、エッダ、手伝ってちょうだい」

ベリンダの声に皆が目を覚ましたように動き出す。

少しでも仕事が台所にあった使用人達はベリンダの後を追い、他の使用人達はテーブルや椅子のセッティングにグラスを出す。クライヴとヴィリーが座ってからイヴァンが座れば、庭師や仕事が終わった使用人達も少し遠くに座った。

それでもミカエラは動けない。

動いちゃいけないような気がして、動いたら夢ではなく現実だと解ってしまうのが怖い。

「ミカエラお嬢様？　どうしました？」

「こちらにお座りください。飲み物は何にしましょうか？」

でも周りはミカエラの頭の中など覗けないから、上座の席まで連れて行かれてしまった。ここで座らなければ何があったのかと聞かれるだろう。なんだか怖いという理由だけでは皆が納得しないのも解る。

でも怖い。何か嫌な予感がする。どんな予感なのか聞かれたら解らないと答えるぐらい曖昧《あいまい》だけど、それでも怖いからミカエラは震える手を握り締めた。

「……どうした？」

イヴァンの声にミカエラはヒクリと揺れる。

どうしてなのか、低く静かなイヴァンの声に心が落ち着く。よく頭を撫でてくれる厚みがあって大きな手を伸ばされると、無意識にふらふらと近寄りたくなる。

どうしてなのか解らない。今まで助けてくれたからか、それとも一緒にいると安心できたからなのか、解らないけどミカエラは大人しくイヴァンの隣に座った。

「では皆様のお好きな飲み物をお出しします。ピッチャーを持った使用人に声をかけてください」

全員が座ったからか、ベリンダと数人の使用人達が色々な飲み物のピッチャーを持って席を回る。グラスは各自の前に置かれていたから、回ってくる使用人達に好きな飲み物を言って注いでもらっていた。

さっきベリンダは飲み物だけと言っていたけど、大皿に盛られたチーズやドライフルーツをテーブルに置いてある。でもこれ以上は作らないのか、ピッチャーを持っていた使用人達も席に着いた。

だけど、誰もグラスに手を出さない。

お互い目を合わす事もできないし、小さな声を出す事もできない。

「……話は聞いていると思うが、詳しい事を話そう」

緊張感に満ちた静寂を壊すように話し出したクライヴに、皆の視線が集まった。

クライヴの言う通りに、断片的な事は聞いている。慌てて宮廷に飛び込んできた者の声を思い出せばいいだけの話だ。

ファーレンホルスト王国の国王、フォルクマール・フォン・ファーレンホルストの亡骸が見付かった。ベルクフリートにいる筈の国王がどこで見付かったのか知らないが、アーリンゲ王国の国王が来ているのだから想像はつく。

「先日、我々が来たのを覚えているか?」

使用人達は詳細を早く聞きたいのか、恐ろしく真剣にクライヴの声を聞いていた。

ミカエラはクライヴを見ないようにしているけど、視界に使用人達のウズウズしている顔が映る。それだけで駄目だ。全身の血が下がったように、眩暈と吐き気が悪寒とともに上がってくる。

「……その帰り道だ。国境を越えてアーリンゲに入ったんだが、城に着く前に呼びとめられてだな……」

突然の話だったからクライヴも纏め難いのか、言葉に詰まりながら説明していた。

クライブとヴィリーがこの城から帰った頃、ファーレンホルストとアーリンゲの国境に近い街である亡骸が見付かったらしい。痩《や》せ衰《おとろ》え汚い服を着た亡骸は、誰もが行き倒れと思っていたのに怪訝《けげん》に思った者がいた。

もしかしたらファーレンホルストの国王かもしれない。

そう思ったのは、その街に帰省していたアーリンゲの騎士で、野犬に襲われボロボロになっているマントの紋章を見て気付く。運が良かった事に騎士がほぼ第一発見者だったので、大した追い剝ぎにも遭わずにアーリンゲの城に運ばれた。

森の中を歩いて来たのか、酷く汚いと思った服の汚れは本人の血だった。引き千切られて黒く変色していたが服に刺繡された紋章は解る。隣国の国王ならばパーティーなどで何度か顔を見ている筈なのに、紋章がなければ誰も気付かないほど酷い状態だった。

だから、多分。多分隣国の国王ではないかと、騎士はアーリンゲの城に運ぶ。王族ですら判断しかねたから、帽子やアクセサリーからファーレンホルスト国王だと解った。

どうやって来たのか、どうして来たのか。王妃が亡くなった時に何を思ったのか、実の姉との関係はどうだったのか。戦いの原因だって国王の口からは聞いていない。皆が知りたいのは国王の心情だ。理由が解れば理解できたかもしれないけど、何も解らないから心の中に傷ができる。

だけど、もう、何も解らなくなった。

「……不可解な事があった」

クライヴだけが話をする。だけど話を聞いて、声を出す者も質問する者も罵倒する者もいないから酷く静かな感じがする。

大国が誇る宮廷だというのに、宮廷城の名に相応しい広く豪華な大広間なのに、クライヴの声だけが響き渡る。

「右手が握られた状態で亡くなっていた……どれだけ強い力で握っていたのかは知らんが、開かせるのに苦労した」

コレに見覚えはと、目の前に座っていたクライヴがミカエラに向かって手を差し出した。

クライヴの掌に乗っているのは金でできた指輪で、真っ赤なルビーと真っ白な真珠を散りばめた物だった。

知っている。聞かれなくても覚えている。

妹と一緒にどれだけ欲しがっても、指から外す事すらしない。見るだけでもいいと言っても、頰を赤く染めて幸せそうにうっとりと、大事な大事な指輪だと言う。

珍しい赤と白の指輪。ルビーも真珠も探したらしい。大好きな色だと言っただけで無理して作ってくれたらしい。それは愛されている証拠だと愛しそうに撫でていた。

「……お母様、の」

母のリングがどうしてここにあるのか、どうしてクライヴが持っているのか、ミカエラの目の前が暗くなる。

だって、コレはどこにもない筈だ。世界に一つだけの珍しい指輪だ。複製を作ろうとしてもこんなに綺麗な宝石は手に入らないと言っていた。

ファーレンホルスト国王が結婚したときの結婚指輪。

大事な物だと言っていたから、最後まで母の傍にあった筈だ。だからここにある筈がない。だから違う。指輪は棺に入れた筈だ。棺に横たわる母の青い指にしっかりと嵌《はま》っていた。

「亡くなった王妃の物か？」

「結婚指輪で、本物なら、裏に、ファーレンホルストの紋章が……」

慌ててクライヴが指輪の裏側を見ると、ミカエラの言う通りにファーレンホルストの紋章が刻まれていた。

ざわりと使用人達から声が上がる。大きな声では話さないけどヒソヒソと話す声がミカエラの耳に届く。

皆の小さな話し声にクライヴの手の中にある結婚指輪に、ミカエラの指先はどんどん冷たくなっていった。

なんでと聞きたいけど何も聞けない。詳しく聞きたくない。恐ろしくて怖くて気持ちが悪くなって苦しいと思っていれば、ベリンダがクライヴに話しかけた。

「国王の、亡骸は……どうなされたのですか？」

「……亡骸を見つけたのは街といっても街の外れで、野犬にやられたのか……流石に見せられない状態だった。すぐに埋葬しないと不味《まず》かったんだ」

クライヴはぼかして言ったが、亡骸がどれだけ酷い状態だったのか解ってしまう。傷か、痩せた身体か、それとも悪魔のような顔をしていたのか。

卑劣な戦いの原因である他国の国王を、自分の国に埋葬してしまうほど酷い状態だったのだろう。

「指輪以外の遺品は？」

「それは持ってきてある。疫病《えきびょう》の心配もあるから、余り近くで見ないように」

「そうですね。いつ亡くなったかも解らないのですし、野犬に襲われているなら」

クライヴとベリンダの言葉が宮廷に響いて、使用人達は俯き何も喋らなくなった。

祈るように手を合わせている使用人達は泣きはしない。それだけの時間が経った。国王の顔も見なくなって長いせいか、使用人達の中では国王は遠い人になっている。

それだけ辛い時間だった。慣れない恐怖と緊張は、悲しむ心を喰ってしまった。

「……………あの」

だけど、ミカエラだけが震えている。

泣きたい訳ではなく、唇が震えるのを止められない。

だって奇怪しい。どうして皆は疑問に思わないのだろう。国王の亡骸が見付かった所が隣国のアーリンゲ王国だなんて、どうして不思議に思わないのだろう。

「……あの、解らないんです、けど」

聞いてはいけないと、心の奥底から悲鳴が上がった。

でも奇怪しい。そんな筈はない。有り得ないと思うからミカエラはクライヴを見る。

「ファーレンホルストの国王は……ベルクフリートにいたんですが」

「それをさっき確かめに行ったんだ……」

クライヴやアーリンゲの王族だって驚いただろう。

どうして自分の敷地内でファーレンホルストの国王の亡骸が見付かるのか、国王がベルクフリートに隠れているから戦いの収束に問題ができた筈だ。

卑劣な戦いの原因である国王の公開処刑もできない。残っているのは十六歳の王女で、何をして戦いが終わったと公表するのか悩んでいた。

なのに原因である国王の亡骸が見付かってしまえば、驚くよりも怪奇だろう。

しかも蓋を開けてみれば馬鹿馬鹿しい話だ。

「この城の構造のせいだと、確かめて気付いたよ」

ぼそりと言うクライヴが説明してくれた。

高い内壁と外壁の合間にあるベルクフリートは、跳ね橋から左側に行かないと出入り口がない。高い壁は中からも外からも見る事ができず、跳ね橋から右側が盲点だったとクライヴは溜め息を吐いた。

「右側の小さな窓を壊したんだろうな……そこから出入り口に使う縄梯子《なわばしご》がかかってた」

出入り口から入ったのだから、出入り口から出てくる。そう思ってベルクフリートの見張りは出入り口だけだった。

だって出入り口以外に出る事ができる場所などない。ベルクフリートは篭城する為に造られているから、窓は矢を放つ為だけにあるから小さく、人が通る事はできない。

しかし、忘れていた。ファーレンホルスト王国のベルクフリートには水も食料もなかったが、牢屋としての道具が置いてあった。

鎖や鉄格子を直す為の道具で、小さな窓の回りを壊していく。高い内壁と外壁が壊す音は響かせない。少しずつ少しずつ壊していけば、誰にも気付かれる事はなく外に出られた。

しかもベルクフリートの出入り口の反対側から逃げられてしまえば誰も気付けない。城から出る用事もなければ、庭園にいても跳ね橋の方を見る事もない。使用人達に必要なのは出入り口の近くにある小屋だけで、ベルクフリートにいるからと疑いもしなかった。

だって高い高い出入り口への縄梯子は国王が引き上げて、中から扉に鍵をかけていたと聞いている。慌てて梯子を繋いで扉を見たけど、低く狭い通路のような場所からでは扉を破る事もできない。ならば待つしかないのか。食料も水もないのだから、国王自ら扉を開けて出て来るのを待てばいいと思っていた。

「状況が状況だ。出入り口を見張ってた庭師も気付けなかっただろう。この城の構造では誰も気付けなかったと解ってもらえる」

内情を知っているせいでもあるが、共犯とは思えないとクライヴが言う。そんな言葉が出たのは、国王の亡骸が見付かって話と違うと言われたからか。なのにすぐに対応できたのをみると、共犯であれば国王が一人でアーリンゲの領地内で亡くなる訳がないと気付いてくれたのだろう。

共犯ならば、国王と共にファーレンホルストの使用人達も逃げている。たった一人で何も持たずに、野犬に襲われるような場所を通り抜けようと思わない。

「ファーレンホルスト国王が単独で逃げたと、他国に知らせる事にした」

「……そうですね。それが宜しいかと思います」

ベリンダがクライヴに頷けば、皆も一緒に頷いていた。

それでいいと言っているように見える。実際ヴォーリッツの使用人にとって、この城に来た時から国王を見ていないのだから、どんな亡くなり方をしようとどんな葬り方をしようと気にならない。ファーレンホルストの使用人達だって、戦いが始まってから一度も国王と会っていないのだから今更なのかもしれない。

でも、ミカエラは頷けなかった。

だって奇怪しいじゃないか。ベルクフリートにいると思った父がアーリンゲ王国で見付かる。しかも亡骸さえ見せてもらえず、形見となるだろう指輪に心臓が止まりそうになる。どうして。どうして最後に指輪を握り締めていたのか。どうして。

「……お父様、お母様が好きだったの？　指輪、持ってるなんて……」

涙は出ないけど呆然と何を見ているか解らない目で、ミカエラは独り言のようにポツリポツリと言葉を紡いだ。

どうして。もうそれしか頭に浮かばない。身体がバラバラになりそうなほど痛くて、これが悲しいのか辛いのかも解らない。頭の奥が頭の後ろが熱くて重くて、熱いのに身体がカタカタと痙攣《けいれん》する。

余程酷い顔をしていたのか、台所にいた筈のベリンダがミカエラの近くまで駆け寄ってきた。

「もしも、もし、お母様が亡くなった時、お父様をもっと、もっと慰めてたら、違ったのかな？　伯母様よりも早くお父様を慰めていたら」

「ミカエラお嬢様……」

「ねぇ？　私達が、お父様を慰めなかったから、いけなかったのかな？」

結婚指輪。母が好きと言っただけで父が作らせた赤と白が綺麗な金色の指輪。亡くなっても大事に握っていたのが母の指輪ならば、父は伯母ではなく自分達でも慰められたのではないだろうか。もっと必死になって一緒に嘆けば良かったのか。どうしてそんな、そんな最後に母への愛を見せるのか。教会の教えに反し禁忌《きんき》を破ったくせに最後にこんな事をするなんて残酷だ。

でも同じ悲しみを持っていた。

悲しんでいる理由は一緒だった。

だったら自分達でも、子供でも父を助ける事ができたかもしれない。

「……で、も……お父様、顔も見せて、くれなかっ」

熱い熱い塊が胸から喉を通って、言葉になって零れていった。

どうすれば良かったのかなんて解らない。目の後ろがこんなにも熱いのに涙が出ないから苦しくて仕方がない。

息をするのも苦しくて、それでもミカエラの喉から言葉が零れた。

「お兄様、と……行ったの、お父様の部屋に、入れて、入れてくれなくて」

国王の姉が慰める前にミカエラも何度か国王の部屋に行っている。扉を叩いて父の名を呼んで、開けてもらえなかった扉を睨んでいた事もある。

同じように自分達だって悲しんでいた。

だから時間が解決するしかないのかと思っていたのに、どうして伯母は部屋に入れてもらえたのだろうか。自分達ではなく、己の子供ではなく、どうして姉だけが特別だったのか知りたくなった。

だって酷い。教会の教えからも反している。父と伯母が一緒にいると解っているから、子供達は父に近寄らなくなる。ミカエラも兄弟姉妹も父を軽蔑《けいべつ》するしかなかった。

「ど……して？　お母様を想っているなら、どうして伯母様と一緒にいたの？　私達だって悲しかったのに同じなのにどうしてっっ！」

心の底から悲鳴を上げたせいか、イヴァンは震えるミカエラの肩を摑んで引き寄せた。頰がイヴァンの胸に当たり、大きくて熱い手が肩を撫でる。心臓の音が少しだけ聞こえてきて、心が壊れるぐらいの苦しさが安心して溶けていく。

ほろりと、ミカエラの目から涙が零れた。

慌ててイヴァンの胸に顔を埋める。全身が熱くなっているけど、涙が零れるだけで何故か痛みが悲しさに変わっていく。手を伸ばしてイヴァンに抱き付き、声を殺して必死に呼吸する。

酷く泣いているのに、どうしてか悲しくて悲しくて辛かった。

泣き足りないというよりは、泣けないという感じで辛い。こんなにも泣いているのに、涙を流しているのに、全然足りないと思う。

だって、こんなにも悲しい。

涙で視界が歪《ゆが》んでいるけど、更にぐらりと揺れた気がして、ミカエラの手は力を失ってイヴァンの背から落ちた。

「……今日の所はこれでいいだろう？」

椅子から落ちる前にミカエラの身体を支えたイヴァンは、酷く静かな声でクライヴに言う。もうミカエラには聞こえないと解っているのか、唸《うな》るような声で威嚇《いかく》するかのように声を出す。

「部屋に、戻っていいな？」

「え？　ああ、も、もちろん」

「ファーレンホルスト国王が正式に亡くなった事実を踏まえて、前の話がどうなるのか、アーリンゲで決めてきてくれ」

クライヴの返事を聞く前に、イヴァンはミカエラを抱き上げた。

さらりと金糸のようなミカエラの髪が零れる。少しも揺るがないイヴァンの腕に抱かれて王宮を出る。

きっとミカエラが普通の身体だったら恥ずかしいと暴れたのかもしれない。こんな皆の前で抱き上げられて運ばれたら、顔を真っ赤にして怒っただろう。

だけど今のミカエラには、周りの事など何も解らない状態だった。

ミカエラは縋るようにイヴァンの首に腕を回す。無意識の仕草なのかイヴァンの胸に額を押し付けて涙を流している。

ぎゅうっと強く縋り付けば、イヴァンは宥《なだ》めるように背を叩いてくれる。それが嬉しくて、呼吸が楽になるようで、ミカエラはそっと意識を手放した。

ぽかりと目が覚めて、ミカエラは自分がどこにいるのか解らなかった。

目が慣れるまで見えるのは蠟燭の明かりだけで、まるで揺り籠《かご》の中のようで不安になる。

ゆらりゆらりと影のせいで揺れる何かが襲ってきそうで、急に全てが怖くなる。

指先が震えて背中が冷たくなり、ミカエラは怖くなって起き上がった。

「……あ」

段々と目が慣れて周りが見えてくる。見覚えのある布団に枕。天蓋の布も壁の模様も窓も見た事があって、自分がベッドの上にいると解る。

でも視線は、もっと明るい場所に向かった。

ベッドの上から見えるのは、まるでそこだけ切り取られたような明るさで、心の底から安心する。どうしてだろう。明るいから安心するのか、それとも何か違う理由があるのか、解らないからミカエラは明るい場所を見つめる。

「……どうした？」

安心できる明るさの中から、イヴァンが顔を出してミカエラを見た。

きょろきょろと不安そうに周りを見ているミカエラをどう思ったのか、手に持っていたグラスを持ちながらイヴァンが近付いてくる。大きな身体は明かりを遮ってしまうのに、闇と一緒に近付いてくるイヴァンに酷く安心する。

強張っていた指先が溶けてきて、ミカエラはどうしてこんなに安心するのだろうと首を傾げた。

ゆっくりと近付いてくるイヴァンはベッドに腰掛け、ミカエラにグラスを差し出す。

「……ありがとう、ございます」

受け取れば温かいグラスから甘い匂いが立ち上る。温かいだけでほっとしたけど、口をつければいつもよりも甘いグリューワインだった。

ヒポクラスよりも甘くて美味しい。不安と恐怖を溶かしていくようで、冷えて震えていた指先も温かくなる。

ふと、グラスから目を離して窓を見て、今はいつなのかとミカエラはイヴァンを見た。

「……あの」

「半日以上眠ってたな」

口に出してないのに聞きたい事を当てられて、なのに驚くよりも納得してしまう。

どうしてだろう。どうしてこんなにもイヴァンを信頼しているのか、ミカエラ自身にもよく解らなかった。

イヴァンが傍にいれば安心する。

イヴァンがいれば全て大丈夫だと思う。

でもイヴァンが傍にいないと怖いと思う自分の心が、なんとなく怖かった。

「……悪いが、多分他の案は出ないだろう」

「え？」

突然話し出したイヴァンに、ミカエラはグラスをサイドテーブルに置いて首を傾げる。

いや、自分にとっては突然でもイヴァンにとっては突然ではないのだろう。自分が半日以上寝てたからイヴァンは色々と考えていたのだと思う。

それでも、いきなり他の案が出ないと言われて怪訝そうな顔をしていたのか、イヴァンがミカエラにはっきりと言った。

「結婚、しかないと言ってる」

良く通る声が鼓膜を揺らす。まだ起きたばかりの頭で考えて、一言一言嚙み締めて言葉の意味を考える。

そうか。父が亡くなって亡骸も出せずに埋葬されたから色々と決着がついたのか。

胸が心臓がズキリと痛むけど、もっとやらなければならない事がある。悲しむ事はいつでもできる。それよりもこの戦いをどう終わらせるかが優先だった。

確かに今までは何もできない状況だっただろう。国王がベルクフリートに篭っていれば生死の判断はできない。もしかしたら本当に少ない確率だけど、生きて国王が出てくるかもしれない。

だが、父は亡くなった。

これで卑劣な戦いの原因である国王の公開処刑はできなくなったけど、逃げた卑怯者として公開する事ができる。

問題は国王に責任を取らす事が、絶対にできなくなった事だろう。

だからクライヴの出した案を通すというのか。でも本当にソレしかないのだろうか。

それではイヴァンが可哀想だと、ミカエラは震える声を出した。

「……父の葬式でも良かったのでは?」

「残念だがな。敵の亡骸を弔う事はしないだろう、普通」

言われて気付く。葬式なんてできないのだと、弔う事もできないのだと気付いた。

ヒクリと喉が喘ぐ。もちろん当たり前だと思う。宣戦布告もせずに奇襲をかけた国王の葬儀なんて、周りがどう思うか想像するだけでも恐ろしい。

被害を受けた国民達が許さないだろう。

騎士団まで参加した戦いなのだから、アーリンゲ王国から亡骸を運んできての葬儀なんて許されないと解っていた。

だから、結婚しかないのか。卑怯にも逃げ出し亡くなった国王では周りが納得しない。逃げられたと馬鹿にされるか反感を買うに決まっている。

それなら、被害者だった王女と更なる被害者の騎士との結婚の方がいい。どちらかと言われたら美談になる方を選ぶしかなかった。

「……そうです、ね」

「まぁ、皆が知るように結婚式をしたら……後は落ち着いた頃に、理由をつけて別れる事もできる」

淡々と言うイヴァンの声に、ミカエラは目を見開く。

結婚をして落ち着いたら別れる。別れる事を前提に結婚する。自分がイヴァンの仇の娘なのだと、ミカエラは思い出したくないのに思い出してしまった。

でもそれはないだろう。だって何だろう結婚って。もちろん結婚に期待なんてしてない。貴族の娘に生まれたのだから、結婚なんて貴族としての務めでしかない。

解っている。嫌というほど解っている。

初めてイヴァンと一緒に寝室を使った時にだって聞いた。それが当然の事だろうとミカエラだって思った。だって自分はイヴァンにとって最悪な存在だ。迷惑しかかけてない。迷惑をかけるだけの仇の娘だと思われているだろう。

でも、今までの優しさは何だったのか。

本当に解らなくなったミカエラはイヴァンを見ずに下を見て小さな声を出す。

「結婚、って……」

もっと穏やかなものだと思っていた。貴族でも王族でも静かなものだと思っていた。国の政で決められた相手に嫁ぐ。国が決めた人に嫁ぐ。一度でもいいからパーティーで会っていれば幸運で、腕のいい絵描きに描いてもらった肖像画を見る事ができればましだと思う。

何も知らずに憎まれている所に嫁ぐ事だってあるし、望まれずに帰らされるか酷い目に遭う事もあると知っている。

でも父と母は愛し合っていた。子供が親族が家臣が国民が甘く柔らかな気持ちになるほど、王族なのに愛し合っていたと思う。

国が決めた相手だったのに、政略結婚だったのに、王妃が亡くなった時には狂うほどに愛していたのだろう。姉に慰められたとはいえ、最後の最後に王妃の指輪を握って果てていた。

そんな結婚だってある。政略結婚だって幸せな結婚はある。

そう思っていたミカエラが唇を噛めば、イヴァンは静かな声で囁いた。

「そういうものだろう。貴族や王族の結婚は」

解っている。そういうものだ。結婚というのはそういうものとミカエラだって解っているけど、それをイヴァンに言われるのは辛かった。

だって、だって。胸が痛い。息をするのも苦しい。胃の中に重く熱い塊《かたまり》がある。目の奥が痛いぐらいに熱くなって、喉がひくりと痙攣《けいれん》した。

ほろりとミカエラの瞳から涙が零れる。自分だけが幸せの結婚をしたかったのだと気付いて、イヴァンに嫌われているのが悲しくなる。

どうしてかなんて解っている。

解っていた。でも解りたくなかった。

胸が痛かった理由は。苦しかった理由は。

「……わたし、あなたが」

自分が何を言い出すのか解らない。それは言ってはいけない言葉だろう。

イヴァンの気持ちを考えれば意見に賛成するしかない。最初に言われた時のように、もしもイヴァンに好きな人ができたら身を引くと言わなければならない。

だからミカエラは唇を噛んだ。

きっと助けてくれたから憧れているだけだ。高い身長に立派な体軀《たいく》が安心できるだけで、頼っているだけだと思いたい。いっそ依存しているならいい。依存の方がましだ。

だって自分はイヴァンが好きなんだと、ミカエラは涙を零しながら手で顔を隠した。

「ご、めんなさ、い……」

「ん？」

イヴァンは望んでいないだろう。自分との結婚を。

生涯を誓う主君を殺され、住んでいた城を追い出される。憎くて憎くて仇討ちに来た男の娘など、誰が妻にしたいと思うだろう。

それでも結婚しなければならない苦しみを、この戦いを終わらせる為に意に染まない結婚をしなければならないイヴァンを解放しなければならない。

だけど、でも、だけど。

「わ、私っ、どうして、この国に生まれたんだろうっ」

愛だとか恋だとか、王族の娘には必要ないと言われて育つ。

吟遊詩人やパーティーでのお喋りで聞く、胸が焼けるような愛だとか心が裂けるような恋だとか耐えられないほどの恋愛なんてミカエラは知らない。大国の王女として慎み深く、周りにいる男性は兄弟か従者のみで、パーティーで会う男の人にも恋愛感情など浮かびはしなかった。

きっと素晴らしいものなのだろう。

胸が焼け心が裂け耐えられないほどの恋愛は、儚いほどに素敵だからこそ夢のように歌われるのだろう。

「す、好きになってっ、ごめんなさいっっ！」

なのに現実の恋愛感情は、恐ろしく残酷なまでに辛かった。

喉が痞《つか》える。目の奥が熱くて涙が流れるのに熱くて苦しい。胸が痛くて指先が震えるけど、ミカエラは必死に顔から手を離してイヴァンを見つめた。

「私は……結婚、できて、嬉しいからっ」

ごめんなさいごめんなさい。本当にごめんなさい。

涙で歪む視界に感謝する。イヴァンの顔を表情を目を見なくて済む事に感謝する。

「ごめんなさい、私だけ、嬉しく、て……だから落ち着いたら、言ってください。私がこの城を出て行きます」

どうしてイヴァンを好きになってしまったのだろう。

恋愛感情なんて知らなくて良かった。王族の娘には必要ないと言われ続けたのだから、知らないままでいたかった。

イヴァンを見つめながらぼろぼろと涙を零す。頬を伝って落ちていく涙は布団に染み込んでいく。

愛だとか恋だとか、恋愛感情だけでこんなにも泣けるのだとミカエラは初めて知った。

「……ごめんな、さい」

言ってはいけない事を言ってしまったのだから、イヴァンにこれ以上の罪悪感を与えてはいけない。笑って、笑わないといけないのに涙が零れる。

もう布団に潜ってしまおうか。泣き顔を見せるのも卑怯だと解っているし、だけど涙が止まらないのだから隠せばいい。

布団の端を摑んで引っ張り、口元まで運べた時にイヴァンの手が伸びてきた。

「泣くな」

「……だっ、だって、な、なみだっ、止まらないんだもん」

口元まで引っ張った布団を嚙んでも涙は止まらない。イヴァンに頭を撫でてもらっても涙は止まらないから苦しくなる。

だって止められる筈がない。

こんなにも悲しいのだから涙が涸れるまで泣くだろうと思った。

「ごめんなさいっ、今日は、違う、へやで、寝てください」

しゃくり上げながら言えば、頭を撫でてくれていたイヴァンの手が止まる。

このまま手を離して違う部屋に行って欲しい。ファーレンホルストの使用人達とヴォーリッツの使用人達で部屋は埋まっているが、誰かの部屋に入れてもらえるだろう。

だけどイヴァンの手は頭から離れ、ゆっくりとミカエラの頬を撫でた。

「そんなに泣くと目が溶けるぞ」

涙で濡れている頬を拭くように、イヴァンは優しくミカエラの頬を撫でる。

でも、それがいけないと思う。優しくされる方が辛い。優しくされるとまた勘違いしてしまうから情けなくて悲しかった。

「や、さしく、しないでくださいっ」

叶わない恋だと解っている。

願う通りにはならない愛だと解っている。

全部、自分の思い込みだ。優しいイヴァンに勘違いして、このまま二人で同じ寝室を使い続けられると思っていた。

だからこれ以上勘違いさせないで欲しいと、ミカエラがイヴァンの手を撥《は》ね除けようとしたら反対に手首を摑まれた。

「泣くなと言っている」

蠟燭の明かりしかないけど、こんなにも近付けば瞳の色が薄いと解る。冷たい氷のような水色の瞳。だから怖い人だと思っていたのに、手首を握っている手は酷く熱い。

解っている。冷たいなんて嘘。解らない訳がない。

どれだけイヴァンが優しいか知っているから胸が痛む。主君を倒した憎い憎い仇の娘でも子供だからと優しくできる人だと知っていたから涙が流れた。

「な、涙、止まらないから……」

「その涙は責任感からか？　ファーレンホルスト王国の王女としての涙か？」

真剣な声で、怒っているような冷たい声で、イヴァンに問いかけられる。

でも泣いているミカエラの頭は熱くて、何を言われたか解らないから首を傾げた。

責任感。ファーレンホルスト王国の王女。

何の責任感なのか。何に対しての責任感なのか。ミカエラは生まれた時からファーレンホルスト王国の王女でしかない。望むと望まざるとに拘わらず王女でしかなかった。

だから解らない。涙を止められないほど興奮しているからか、ミカエラは意味が解らないとイヴァンの言葉を繰り返す。

「……責任感？」

「そうだ。あんなにも公開処刑を望んだのは、ファーレンホルスト王国の王女としての責任感だろう？」

だから何を言っているのだろう。

確かに公開処刑を望んだのは、ファーレンホルストの王女としての責任感だ。国王である父が責任を取らないのなら、自分が責任を取って戦いを終わらせようと思っていた。

でも、違う。

今流している涙は、そんな理由じゃない。

どうしてそう思うのか。好きだと言ったのに、イヴァンと結婚できるのは嬉しいと言ったのに、どうしてそんな誤解をするのか。

悲しいよりも悔しくて苦しくて、ミカエラはイヴァンに手首を摑まれながら頭を振って涙を飛ばした。

「……好きって、言いました。私はっ、貴方が優しくて安心できてっ、好きって言った！」

言ってはいけない言葉だと思う。

だってイヴァンは自分の事を好きではない。結婚したくないのに、戦いを終わらせる為に結婚しなければならない。

「でもっ、無理だって、無理だって知ってますっっ！　私はっヴォーリッツ家を終わらせた仇の娘だもん！　貴方の大事な主君を殺した娘だって解ってるっ」

泣きながら叫べば息が苦しくて、ミカエラは喘《あえ》ぐようにイヴァンを睨み付けた。

なんでこんな事を言わなければならないのか。どうして現実を叫ばなければならないのだろうか。酷い。解っているからそんな事を言わないで欲しい。

「わかって、ますっ……私のこと、嫌いだって……だから謝ったのにっ」

場を収める為の政略結婚を喜んでいるのは自分だけ。

落ち着けばすぐに別れる予定の結婚を嬉しがっているのは自分だけ。

それを知っているから謝ったのにと、酷くなった涙がばたばたと頬を流れていった。

「だから、その好きという感情も責任感から出たんじゃないのか？」

静かで酷く冷酷な声がミカエラを突き刺す。

涙は止まらない。止まる訳がない。止まる理由がない。目の縁は真っ赤に染まり、鼻や喉をしゃくり上げる音だけが響く。

「す、きに、なっちゃいけないって、解ってるから酷いこと言わないで」

ぼたぼたと、大粒の涙が頬を流れるのをどう思ったのか、イヴァンはミカエラの手首から手を離して頬を両手で挟むように包み込んだ。

「俺はお前の親の年齢に近いオヤジだ。お前の信じている教会の教えも知らない」

冷たい声に胸を千切られる。ばらばらに砕け散ってしまいそうな心臓を押さえて、しゃくり上げる。

「死を怖がったりしない。死を運ぶ側の人間だ」

淡々と言うイヴァンの声はいつものように冷たく静かに響いた。

全てが違うと言いたいのか、それとも違うから嫌いだと言いたいのか。ミカエラは苦しいぐらいに泣いてイヴァンを見る。

解っている。解っていると言いたいのに声が出ない。息を飲んで呼吸を整えて、必死に声を出そうとするとイヴァンに問いかけられた。

「それでも、俺が好きか？」

「……好きっ、好きなんだもん、さいしょ、怖かったけど、大きくて岩みたいで、無表情で冷たい目で怖くてっ、でも、好きになった、から仕方な、いでしょっ」

咽《むせ》び泣いて絶え絶えに喋れば、イヴァンが顔を覗き込んできた。

一瞬、息が止まる。だって余りにも近い。でも頬を押さえられているから視線も外せなくて、どんどん近付いてくるイヴァンに頬が熱くなる。

「泣くな、ミカエラ」

自分の名前がイヴァンの口から響いてきて、ミカエラは眉を寄せて涙を零した。

もしかしたら初めてイヴァンに名を呼ばれたかもしれない。静かで冷たい声が自分の名を綴るだけで、こんなにも嬉しくなる。

まだ涙は止まらないけど、息苦しさがなくなってミカエラはイヴァンを見つめた。

「……だ、って」

「俺も……同じだ」

らしくないと、イヴァンと一緒にいる時間は長くないのにらしくないと思う。

だって酷く小さな声だ。聞き取れるか聞き取れないかギリギリの声で、こんなにも顔を近付けていないと解らなかったと思う。

でもそんな事を考えてしまうのは、イヴァンの言葉の意味が解らなかったからだった。

いや、解りたくないのか。だってそんなの妄想か白昼夢だろう。そんな都合のいい話がある訳もない。

嘘だ。絶対に聞き間違えだ。有り得ない。

「……え?」

「だから、同じだと……」

「え? だって、うそ?」

「……貴婦人に忠誠も誓った事のない男に、突っ込んで聞いてくれるな」

これは夢なのか。夢でなければ妄想か騙《だま》されているに違いない。

信じられないとミカエラが表情で語っていたのか、イヴァンの顔がどんどん赤くなった。

どうしてそんな顔をするのか。でも有り得ない。絶対に嘘だ。

優しかったけど無表情で、助けてくれたけど冷たい瞳だった。最初は怖かったけど頼りがいがあって、だけど自分が子供だから優しくしてくれているのだと思った。

「だって、だって！　子供って、子供だからって言ってた！」

「実際に子供だろうが……二十も年下の子供に、そんなコトを考えたら不味《まず》いだろう」

「だ、だって……」

尚も言い募ろうとするミカエラの唇に、イヴァンの唇が当たった。

一瞬、何が起きたのか解らない。でも感じる。かさついた、でも温かく柔らかい唇に、ミカエラは意味が解らないと口を閉じる。

「まさかそんな風に思ってるとは知らないからな、大人の俺が引くしかなかった」

はっきりとは言ってくれないけど、言葉の意味を考えればミカエラの顔は赤くなった。

余りに驚いて、いつの間にか涙が止まっている。だけどミカエラは混乱するしかないだろう。だって嬉しがればいいのか、それとも恥ずかしがればいいのか解らない。淑女が貴婦人が王族の娘が、自分から告白するなんて思い返せば青くなる。

「……だから、本当の夫婦になろう」

「……いい、んですか？」

イヴァンの言ってくれた言葉は凄く凄く嬉しいのに、迷惑をかけた事が頭の中に残っているから小さな声で聞いた。

同じ気持ちになってくれたのは嬉しい。本当の夫婦になろうと言ってくれたのは本当に嬉しいけど、ミカエラはイヴァンの仇の娘だ。

「いいも悪いもない」

「ゆ、許して、父の事を、許してくれるんですか？」

「許すも許さないもないって言っただろう？」

「でも、だって……」

言い訳のように募れば、また唇が当たる。優しく優しく唇が重なって、温かさがじわりと心を温める。

「俺を好きなら、好きって言え」

「……す、き……イヴァンさま、が好きですっ」

恥ずかしいのか吐き捨てるように言うイヴァンに、ミカエラは泣き笑いで答えた。

嬉しくても涙が出る。さっきみたいに息が苦しい涙じゃなくて、嬉しくて心から何かが溢れそうな涙が流れる。

だからミカエラはイヴァンの胸に顔を埋めた。

こんなに幸せでいいのだろうか。国王が、父が亡くなったと解ったばかりなのに、葬儀もできないのに酷い人じゃないだろうか。思い出せばミカエラの顔は悲しく歪む。

父が伯母と一緒にいるようになって嫌いになったけど、父親には変わりなかった。

「……どうした？」

金糸のような髪を梳《す》いていたイヴァンが小さな声で聞く。頭にキスを落としながら、どうしたのかと聞いてくる。

なんで、解るのだろう。

思わず胸から顔を上げたミカエラはイヴァンの瞳を見つめた。

「父が……亡くなったと、解ったばかりなのに」

冷たく感じる水色の瞳は、全てを見透かしているような気がする。

だって、こんなにも綺麗だ。こんなに優しくて頼りがいのある人なのに、自分がこんな酷い人だと釣り合わないと思う。

「……私だけ幸せなのは、ずるい、ですか？」

震える声で最後まで言えば、イヴァンはミカエラの頬を両手で包み込んだ。

ゆっくりと近付いてくるイヴァンの鼻とミカエラの鼻がぶつかる。凄く近いからイヴァンの表情が解らなくて、少しだけ不安になった。

「俺にとって国王は仇《かたき》だ。ミカエラにとっては父で。こんな事がなければカルステン様も亡くならなかったが俺達も出会わなかった」

「……イヴァン様」

「……だから、言い慣れない事を言わすな」

「え？　きゃっ」

ベッドの上に膝立ちになっていたミカエラを、酷く簡単にイヴァンは抱き上げる。そのままクルリと回って、イヴァンがベッドに座るとミカエラは膝の上だった。

「ほら」

イヴァンの片手はミカエラの背に片手は膝の裏にまだある。ぎゅっと抱き締められると身体を折り曲げるような格好になるけど、ミカエラは身体の力を抜いて全てを預ける。どうしてだろう。ここは、本当に安心できる。

「イヴァン様？」

「いいから。泣きたいなら泣け。ずっとこうしてるから」

「……嬉しい」

屈み込んでくるイヴァンの顎《あご》に、ミカエラはキスをした。

きっと父も母と一緒にいる時には幸せだったのだろう。だって全てを預けられる安心なんて、そんな簡単に見付からない。

悲しみだけを感じていても仕方がないのかもしれない。

幸せが目の前にあるのだから、ミカエラはイヴァンの胸に頬を寄せて目を閉じた。

# 第四章　甘い初夜を迎えて

当然というか当たり前というか、結局他の案など出る訳もなくミカエラとイヴァンの結婚式を美談に仕立てて終わらせる事になった。

全てを話す必要はない。

むしろ、全てを話してしまえば混乱してしまうだろう。

だから話を作る。皆が聞いて納得するような、善悪が簡単で単純な話を考えた。

全ての責任は国王に。

ファーレンホルスト王国の国王の一存で行われた戦いは、国民や家臣に親族までも被害を被り次期国王さえも行方が知れない。中でも三女である王女は戦いを終わらせる為に城に残り、その身を投げ出して戦いを終わらせようとした。

幾ら王族とはいえ、十六歳の王女に何ができるというのか。

王女もまた被害者であるというのに、罪を押し付けるなんて事はできない。

どうしてそこまでするのかと聞けば、戦いの原因であるファーレンホルスト国王が卑怯にも逃げてしまったと泣いていた。

戦いを終わらせる事ができなくなればもっと皆に迷惑がかかると、王女の健気さに心を打たれるが途方に暮れるしかない。

一体どうすればいいのか。

奇襲を受け傷付いたアーリンゲ王国。

城主を討ち取られ住む場所を失くしたヴォーリッツの騎士に使用人。

命令で戦っていたのに国王がいなくなってしまったファーレンホルストの人々。

卑怯にも逃げた国王が戻ってくるかもしれないから、ヴォーリッツの騎士と使用人達はファーレンホルストに残る。しかしヴォーリッツの騎士の境遇を聞いた王女は、誰も何も言っていないというのに父の罪を償うと言って泣いた。

ああ、神はいるのだろうか。

混乱の世に必死で立つ十六歳の王女に慈悲はあるのだろうか。お前に罪はないと慰めるヴォーリッツの騎士に情けはあるのだろうか。

どうしようもなくなったあの日。ファーレンホルスト国王が亡くなったと知らされた。天罰かもしれない。いや、天罰なのだろう。卑劣な戦いを仕掛けた国王は亡くなる。だが卑怯者と罵られても、王女にとって国王は父だった。

罪を償う必要がなくなったというのに、泣き暮れる王女を騎士が見守る。仇の娘である自分に優しくしてくれる騎士に王女は心が揺らぎ、十六歳だというのに健気さと清廉さに騎士も王女に癒される。

そんな二人に淡い恋心が生まれるのは必然だった。

二人の空気を感じ取ったアーリンゲ国王は、二人の為にとファーレンホルスト王国を再建する事を誓う。新しい国王と王妃に、国をプレゼントする事にした。

もちろんアーリンゲ王国とファーレンホルスト王国は協定を結ぶ。

卑劣な戦いを一緒に終わらせた者同士として、アーリンゲ王国とファーレンホルスト王国は同盟となった。

「まぁ、そういう噂を流した訳だ」

クライヴはまるで吟遊詩人のように話をしてから、目の前に出されていた結婚式用に特別に作られた蜂蜜酒《はちみつしゅ》を飲む。

椅子に浅く座ってテーブルに腕を乗せ、だらしなく座っているがアーリンゲ国王の名に恥じない礼服を着ていた。

だがミカエラとイヴァンは眉を寄せている。テーブルを挟んでクライヴの前に座っているが、物凄く苦々しい顔をしている。

「……それで？」

立派な体躯《たいく》のせいでファーレンホルストにいた人の礼服を着る事ができなかったイヴァンは、急遽《きゆうきよ》仕立てられた礼服を着込んでいるから機嫌が悪かった。

その隣に座るミカエラのドレスも凄い。真っ白なドレスには金糸で細かい刺繡が施され、真っ白な真珠が綺麗に縫い付けられている。胸元が開いたデザインだが、華奢《きやしや》で小さなミカエラが着ると不思議に下品な感じはしない。

このドレスはイヴァンのように急遽仕立てられた訳ではなく、ミカエラの結婚式の為に作られていたからこその豪華さだった。

「だからな、お前達がラブラブじゃないと困るんだよ」

「……そんな事を言われても困ります」

「俺は貴族じゃないんだぞ？　騎士として生きてきた俺に何をしろって言うんだ」

国王の亡骸がアーリンゲで見付かり埋葬されてから、もう数週間が経っていた。

だから本当なら、すぐにでも結婚式をしなければならないだろう。

既にファーレンホルスト国王の非道な行いは他国にも届いている。今クライヴが語った話まで流れているらしいから噂というのは侮《あなど》れない。だから早々に二人の結婚式を挙げなければならなかった。

しかしファーレンホルストで結婚式を挙げるには少し時間がかかってしまう。壊れた所を直し結婚式の準備もしなければならない。国民も逃げた後で商人すら帰ってこないのだから、街での祭りすらできない。たった数週間ではまともな結婚式はできなかった。

それでもここまで直ったのは、使用人達が二人の結婚式を楽しみにしているからだろう。もう少し時間があれば、もっと素敵な式ができるというけど、ゆっくりとしている暇《ひま》はなかった。

「あのなぁ、宣戦布告なしの卑劣な戦いよりも、本来仇同士の恋愛の方がブァって広まるんだよ。っていうかもう広まってんだよ。それを楽しみにしている貴族の多い事！」

バンと手を叩いて言うクライヴは、二人に無茶を言っている自覚があるのだろう。

自覚はあるが、もうどうしようもない。解りやすく納得してもらう為に撒《ま》いた噂だが、ここまで喜ばれ楽しみにされるとは思わなかった。

なのに、もうすぐ結婚式が始まる。

その後のパーティーで二人がぎこちない態度を取れば、もしかして噂は嘘ではないかと思われてしまう。ならばファーレンホルスト国王の話も嘘じゃないか、卑劣な戦いは事実でも王女も騎士も偽物かもしれない。

そんな風に思われてしまえば、全てが台無しになってしまう。

「仇討ちに来た騎士と、仇の娘との禁断の恋！　許されない許されたくない愛！　お前達だって知ってるだろう？　吟遊詩人の歌だって恋愛が多いんだよ。むしろ恋愛しかないだろ？　興味があるから皆が信じる。それが嘘だと思われたらどうなるか解ってくれよ～」

クライヴの言い分は確かに真実だった。

でも、真実かもしれないけど、どうする事もできない。

イヴァンは騎士として今まで生活してきて、生涯を主君に捧げたから恋愛など見向きもしていない。実際に忠誠を誓いたいと思った貴婦人もいなかったと言う。ミカエラだって王女として国の決めた嫁ぎ先に行く事しか知らなかった。

二人共、吟遊詩人の歌のような恋を知らない。

仲睦まじくと言われても、どうすればいいのか解らない。

「もう見てるコッチが照れるぐらいに仲良くなってもらわないといけないんだ！」

「だから、それは無理ですよ」

「……クライヴ。ならば例を挙げてみろ」

イヴァンの言う通り、本当に例を挙げてもらわないとどうすればいいのか解らなかった。吟遊詩人の歌は抽象的だし、どうこうしていたと歌わないから何をすればいいのか解らない。甘い愛の花の蜜がベッドに零れてとか歌われても、何がなんだか解らない。

だがクライヴも具体的な例を挙げられないから悩んでいるようで、三人で眉を寄せていれば声をかけられた。

「ミカエラお嬢様！」

「……どうしたの？　ベリンダ」

ベリンダを先頭に三人が何かを持って走ってくる。何を持っているのか、ベリンダが両手に持っている物がなんだか解らなくて、また三人は眉を寄せながら首を傾げる。

「これ、ようやく間に合いました！」

「イヴァン様とミカエラお嬢様の身長差が気になって作ったんです！」

「どうぞ、お履きください」

ミカエラの目の前に出されたのは、まるで高下駄のようなサンダルだった。

結婚式のような公の式に、流石にサンダルはどうかと思う。ミカエラは牛革で作った先の尖った靴を履いているのに、どうしてこんな凄い物が出てくるのだろう。

確かにミカエラとイヴァンが普通に立って並んだら、頭一つ半ぐらい違うと思うけど、コレはないと眉を顰《ひそ》めた。

「ベリンダ……正式な場なのに、サンダルは」

「大丈夫です。このドレスの裾はかなり長いですから足元は見えません」

ベリンダの言う通りにドレスの裾は長いが、そんなサンダルを履いて歩く事はできないだろう。

だってどう見ても高過ぎる。倒れるか転ぶしか考え付かないし、何か高い台に乗るのとは訳が違う。

でもそのサンダルをじっと見て、クライヴは嬉しそうに言った。

「それだ、それ。そのサンダルを履いて行け」

「え？　でも、このサンダルを履いたら……転びそうなんですけど」

「イヴァンに支えてもらえばいいじゃねぇか」

嬉しそうに言うクライヴに、ミカエラとイヴァンは頷くしかなかった。

仲睦まじい行動は解らないけど、倒れそうなミカエラをずっと支えるイヴァンならば周りは仲良くしていると解るだろう。ただ密着しているだけだったが、それでいいのかもしれない。

「ベリンダ、そのサンダル履くわ」

「ええ。なるべく倒れないようにしましたが、ちょっと高いですからね、気を付けて」

靴を脱いでサンダルに履き替える。そのままベリンダの肩に手を置いて立ち上がれば、ぐらりと身体が酷く揺れた。

無理だ。これは転ぶというより歩けない。もしかしなくても立ってる事すら無理だ。

不味《まず》いと思っているミカエラだったが、サンダルに履き替えたのを見て安心したのか使用人達はベリンダを残してどこかに行ってしまう。きっとパーティーの準備をしに行ったのだろうと、後姿を見送っただけでミカエラはグラグラと揺れた。

転ぶと思って手をあわあわさせれば、危なっかしいと思ったのかイヴァンがミカエラの背を支える。

「……大丈夫、そうではないな」

「……ちょっと立つのも無理そうです」

そっと身体を支えてくれたイヴァンに、ミカエラは苦笑しながら言った。

だがサンダルのお蔭で二人の身長差は、ほんの少しだけ縮まる。しっかりと立って並べばミカエラの視線はイヴァンの鎖骨より少し上になる。

「ほら、皆が待ってるから二人で先に庭園に出てろ。俺は後から行く」

「……解った」

「……っ……っっ!?」

歩き出す為にイヴァンは最初腕を掴んでいたが、腕では危ないと思ったのかミカエラの腰を支えた。

擽ったいけど、そんな事を言っている場合じゃない。危なっかしいというよりは危険な感じでミカエラは一歩を踏み出す。

でもしっかりしないといけない。だってこれから婚約式と結婚式だ。

まだ宮廷には人が入ってないからこんな事を喋れたが、人のいる所では話せない内容だろう。

もう既に庭園には知らない人が大勢いる。隣国のアーリンゲの人々に、戦いに加勢してくれた騎士団の人達。近隣の王族は早々に礼拝堂に向かったと聞いている。

まだ式の時間には早いが礼拝堂に行くだけ行こうと、イヴァンに腰を支えてもらっているから安心して歩き出した。

でも、ぐらぐらする。足の関節が八つに増えたように、ぐにゃぐにゃグラグラして身体も揺れている。

一歩二歩三歩と頑張って足を交互に出すが、グラリというよりくにゃっと足首が曲がってミカエラは転びそうになった。

「きゃっっ!?」

高い靴底を上手く地面に着けられなかったのか、左の足首を捻ったらしく身体が斜めになってしまう。不味《まず》いと思った瞬間にイヴァンが身体を受け止めてくれたから、無様に倒れる事はなかったが縋《すが》り付いてしまった。

でもどうしよう。身体を支えてもらいながら足を地面に着けるが左足首がツキリと痛む。支えてもらっていれば歩けると思っていたのに、自力で歩く事ができなそうな気がする。

「大丈夫か?」

「……左の足首を捻ったみたい、です」

顔を覗き込んでくるイヴァンに苦笑しながら言えば、後ろからポンと手を叩く音が聞こえてきた。

二人して振り向くとクライヴが楽しそうに笑っている。しかも何故か頷きながら二人に近付いてきて、イヴァンの肩をバシバシ叩く。

「お前が抱きかかえて行けばいいだろう?」

後の説明はしておくと、クライヴが言えばイヴァンから溜め息が聞こえた。

イヴァンが苛々《いらいら》と自分の髪を掻こうとするからミカエラは慌てて止める。髪もセットしているのだからと止めたけど、何か凄い事を言われたような気がする。

なんだっけと、首を傾げながら見つめるとイヴァンはミカエラの手を取って首に回した。

「腕を首に……そう」

「え？　きゃっ!?」

「説明しておけ」

軽々とイヴァンはミカエラを抱え、庭園に続く大階段を下りていく。その姿は後ろから見ていても揺るぎなく、しっかりとした足取りで消えていった。

それを見ていたクライヴは小さく笑う。口元を押さえて笑っている所を見ると、イヴァンに聞こえると不味いと解っているのだろう。

だがそんなクライヴの背を、ベリンダが後ろから叩いた。

「クライヴ様も、早く礼拝堂へ行ってください」

ミカエラとクライヴが顔見知りならば、ベリンダとだって顔見知りだ。この城で何度もパーティーが開かれ、クライヴは次期国王として毎回のように参加していた。

だからベリンダに叩かれてもクライヴは笑うだけで怒らない。ただ、お坊ちゃまとか言われていた時を思い出して恥ずかしくなるだけだ。

「そうだなぁ、庭園でファーレンホルストの王女は足を挫《くじ》いたとか、王女は騎士に抱っこされるのに慣れているとか、言いながら行けばいいかな？」

「それでいいと思いますよ。これから宮廷はパーティーの用意をしますので」

暗に宮廷から出て行けと言われているようで、クライヴは苦笑しながら宮廷を後にした。

大階段に近付けば、ざわざわと楽しそうなお喋りが聞こえてくる。宮廷ではベリンダの指示が飛び、久々の大仕事であるパーティーに向けて動いている。

結婚式の礼服を着ているのに、イヴァンがミカエラを抱っこしながら歩いているのだから、クライヴが広めた噂は疑われない。

これで本当に、あの戦いは終わったのだとクライヴは礼拝堂に歩いて行った。


高下駄のようなサンダルのせいで足を挫いてしまったミカエラを、結局イヴァンはずっと抱っこしていた。

座る時は横に下ろしていたけど、どこに行くにもミカエラを抱えて歩く。本当なら恥ずかしいから怒るミカエラも、クライヴの言葉を思い出して顔を赤くしながらイヴァンの首に腕を回す。

ただ、一つ驚いた事がある。

まさかクライヴが流した嘘が、ここまで信じ込まれているなんて思ってもみなかった。

礼拝堂で誓いの言葉を聞いている時に本格的に足が痛み出したせいで、ミカエラはずっとイヴァンに抱っこされたままになる。礼拝堂を出る時もパラスに戻る時も、皆へのお披露目パーティーの時ですら抱っこされたままでいる。

それだけでも恥ずかしいのに、周りから祝福という名の揶揄《からか》いが止まらなかった。

仲睦《むつ》まじくて羨《うらや》ましい。我が国は二人の結婚を祝福しよう。幸せになってね。まるで吟遊詩人の歌のような恋ね。きっと二人の恋を吟遊詩人が歌うわ。素敵ね。

代わる代わるに言われてしまえば、ミカエラはイヴァンの腕の中で真っ赤になるしかない。それも原因だと気付けない。

それでもミカエラにとって運が良かったのは、お祝いに集まってくれた各国の王族や騎士達はファーレンホルストの城には泊まらない事だった。

言い訳ではなく本当に、今のファーレンホルストでは王族を泊める事はできない。使用人の数も足りないし、使用人達が寝泊まりしている客室を綺麗にする時間がない。

壊れたファーレンホルストの城では申し訳ないからと、式の後にほとんどの人達がアーリンゲ王国に泊まる事になっていた。

だからパーティーの後、もう寝る前にファーレンホルストの使用人達とヴォーリッツの使用人達とで宴会ができる。

「ほんとっ、すっごく嬉しいっす！　イヴァン様のお蔭ですっ！」

「本当に嬉しいです！　ミカエラお嬢様の結婚式の用意ができるなんて！」

使用人達はパーティーの準備と接待で忙しかったのか、王族がアーリンゲに行った後に飲めや歌えやの大騒ぎになった。

もう嬉しくて嬉しくて堪らないという感じで、上座に座っていたミカエラは少しだけ居心地が悪い。

だって、皆も薄々感づいているだろう。

この結婚が国の為である事を、戦いを円満に終わらせる為だと解っている筈だ。

なのに皆は盛り上がる。嬉しいと、二人が結婚するのは幸せだと、大騒ぎしながら喜んでくれるからミカエラは困った顔をしてイヴァンを見つめた。

「……みんな、凄い喜んでます、ね」

「そうだな」

でもミカエラの居心地の悪さをイヴァンは感じてないのか、軽く返されて仕方なく目の前にあるグラスを取る。

皆が嬉しい嬉しいと喜んで、皆が良かった良かったと笑っているのが居た堪れない。

まるで騙しているような気分になっていれば、嬉しくて堪らないといった数人の悲鳴が響き渡った。

「お二人の子供だったらスゲー可愛いでしょうねぇ～」

「早く見たいよなぁ～早く！　早く！」

「いやいや、もう子供見れるんじゃね？　ね？」

この結婚が国の為であると知っていれば、こんな言葉は飛び出さないだろう。

しかも皆が嬉しそうに頷いている。今日結婚式をしたのに、もう子供がいること前提で話が進んでいた。子供の面倒はちゃんと見るとか、子供の為にいい馬を見つけようとか、楽しそうに話している。

だから思わずベリンダを見れば、一緒になって楽しそうに笑っていた。

「あの、ちょっと……」

イヴァンの服の裾をちょっとだけ引っ張って、ミカエラは顔を近付ける。内緒話にしたいからイヴァンの耳に顔を近付けたけど、既視感が横切って動きを止めてしまった。

確かあの時も騒がれた。宴会が始まってしまった中でイヴァンに先に寝ると告げようとして、顔を近付けた時に揶揄われたと思い出す。

だからちょっと周りを見て、皆が楽しそうに飲んでいるのを確かめてからイヴァンに聞いてみた。

「この結婚、皆さんは政略結婚だったかもしれないって知ってるんですか？」

心が通じ合って恋人という関係になって結婚式を挙げたのだから過去形で問う。

今ならば政略結婚ではなく恋愛結婚なのだが、周りは戦いを終わらせる為の政略結婚だと知っていると思っていた。

だからなんとなく心苦しい。騙しているみたいで申し訳ないと思う。

「ん？　知ってるのはベリンダだけじゃないのか？」

「え？」

反対に不思議そうに聞かれてしまいミカエラは目を丸くした。

そうだったのか。思い出してみると、クライヴが皆と一緒に話をしたのは最初の一回だけだった。その後の結婚の案や、さっき結婚式前の仲睦まじくの話は他の使用人達が聞いていなかったと気付く。

「そ、そうでしたね……あれ？　じゃぁ、皆さんどうして？」

「最初から言ってたじゃないか。お似合いだって」

イヴァンの言葉には揶揄う響きはなくて、知らなかったのかと聞かれているような気がした。

でも言われたらそうだったと思う。そういえば最初から揶揄われていたと思い出す。そうか。そうだった。そうそう。

なんて疲れた頭で思っていたけど、皆に恋愛感情がバレているのだと解ってミカエラは真っ赤になった。

「え？　じゃぁ、みんな、えっ？」

「そんな顔をするな」

内緒話のように顔を近付けていたから、恥ずかしくて真っ赤になったミカエラに気付いたのだろう。イヴァンは苦笑しながらミカエラの頬を撫でて、当たり前のように優しく頭を撫でた。

「疲れたか？」

「いえ、私はほとんど歩いてないですから」

恥ずかしいけど気にかけてくれるのが嬉しくて、ミカエラは凄く近くにいるイヴァンに微笑む。もう癖《くせ》になっているのか、それとも日常になってしまったのか、イヴァンに頭を撫でられてもミカエラは気にならない。

だから頭はまだ撫でられたままで内緒話をするように顔を近付けてずっと話していれば、幾ら楽しく飲んでる者達でも誰かは気付いてしまった。

「おおおお！　仲良しさんだぁあ！」

「え？　ほんとだ！　いやぁあ、マジでお似合いっすねぇ！」

「ほんとほんとスゲーお似合いだ！」

うわーと歓声が上がるほど喜ばれて、だけどコレは揶揄われているのと同じだからミカエラは真っ赤になった。

慌てて離れようとしたけど、イヴァンの手が頭からどうしてか離れなくて普通の位置に戻れない。しかも優しくポンと頭を叩かれて、離してくれない意味が解らない。

「いやぁ、本当に仲良くなってくれて、本当に本当に嬉しいっす」

「なんかずぅうううっとお姫様抱っこで、もうみんな吃驚《びっくり》でしたよ～」

イヴァンとミカエラが顔を寄せたままなのが楽しいのか、皆は何が楽しいのか物凄い盛り上がりを見せた。

これは前と同じだろう。皆に揶揄われていると解る。

だけどどうしてか、前と同じように顔は赤くなるけど余り怖くない。

囃し立てられるのも揶揄われるのも慣れていないし恥ずかしく怖かったけど、今はちょっと頬が熱くなって擽ったいだけだ。

「もうね！　見せ付けですよねっ、ずぅうっと抱っこ！」

「そ、それは、私の背が低くて、それで皆がサンダルを」

「解ってますって！　あのサンダル見ましたけど、あれで歩けたら軽業師《かるわざし》になれますよ」

あはははと、大きな声で笑っているけどミカエラには意味が解らなかった。

何が楽しいのか解らない。どうして笑うのかも解らない。でも皆が幸せそうに笑っているのは嬉しいから、ミカエラは自分からイヴァンの頭に額をぶつけた。

「いやぁ、なんつーか……感慨深いですねぇ」

「そうそう、お二人が仲良くなって嬉しいですが……本当に仲良くなって良かったです」

半分以上の使用人達は酔って歌って踊っている。でも数人だけがミカエラとイヴァンを見て、どうしてか目を潤《うる》ませている。

「そうですそうです。イヴァン様は二十離れてるから子供としか見れないとか言って、ミカエラお嬢様は懺悔《ざんげ》ばかりで……ベリンダは本当に嬉しいですっ」

ああ、なんだ。やっぱり解っていたんだ。

恋愛結婚ではない。愛し合っている二人ではない。でも国の為に戦いを終わらせる為にミカエラとイヴァンが結婚を選んだのを知っている人がいた。

すとんと、ミカエラの心に何かが嵌《はま》って安心する。

心配させて申し訳ないと思う気持ちと、二人が心を通じ合わせたのを喜んでくれる人がいるんだと幸せになる。

「……ありがとう。ベリンダ、みんな」

ファーレンホルストの使用人にとっては久しぶりに王族を迎えたパーティー。

ヴォーリッツの使用人にとっては初めて王族を迎えるパーティー。

皆が皆、身体は酷く疲れているのに頭の中は興奮状態になっている。堅苦しい王族達が参加するパーティーが終わって楽しく騒いでいただけだったが、ミカエラの声に皆が静かになった。

楽しい宴会に水を差されたと思って黙った訳ではない。

本当は皆が皆、思う事があったらしい。

「お、俺も、ファーレンホルストの人達は優しくて、でもイヴァン様の悲しみとか怒りとか知ってるから駄目かと思った」

「ミカエラお嬢様が死んじゃうんじゃないかって、凄いすごい心配だったたっ」

「そうだよなぁ、だってさ、敵なんだもん。俺達だって敵だったたんだよ」

ファーレンホルストの使用人達とヴォーリッツの使用人達が、抱き合って凄い声で泣き出した。

泣いているのに嬉しい。こんなにも酷い声で泣いているのに、皆が変な顔で笑うから嬉しいんだと解る。

だから、だから皆に釣られてミカエラも涙を零した。

すぐにイヴァンが抱き締めてくれる。それが嬉しくて抱き返す。周りの使用人達はもう冷やかしたりしない。

ただ静かに泣く音が聞こえてきたけど、静寂をイヴァンが破った。

「幸せにするから安心してくれ」

この言葉に皆が歓声を上げ、さっきまでの賑やかな雰囲気が戻ってくる。歌ったり踊ったり乾杯とグラスをぶつける音がしている。

煩《うるさ》いぐらいの賑やかさだったが、ミカエラはイヴァンの心臓の音だけを聞いていた。


まだ歩くと痛む足のせいで、ミカエラはイヴァンに抱えられながら寝室に戻る。

「……今日は、本当にごめんなさい」

「何がだ？」

「だって、ずっと私を抱えてて……疲れましたよね？」

礼拝堂に行く前に足を挫いてしまったから、かなり長い時間イヴァンに抱えてもらった。

司祭の話を聞いている時も、署名をしている時ですら抱えてもらっている。宮廷で行われたパーティーは立食だったから本当に心苦しい。

幾ら大国の名を馳せたファーレンホルスト王国の宮廷でも、近隣諸国から王族を招いてのパーティーでは立食しかできなかった。

そのせいでパーティーの間まで抱えられていたからミカエラはイヴァンを見る。今だって自分を片手で抱きながら寝室の扉を開けているから申し訳なくなる。

「甲冑を着て剣を振り回すより軽いな。食も細いし、もっと大きくなった方がいいな」

顔を覗き込んできて笑うから、ミカエラの頬は真っ赤になった。

まるで小麦の袋のようにミカエラはほんの少しだけ上に放り投げられる。空高くではなく、体重を測っているような動きに恥ずかしくて手足をバタバタさせる。

「もう、大丈夫ですから……その、下ろしてください」

「そうだな、疲れたというなら、パーティーの雰囲気だな」

笑いながら言うイヴァンは、ミカエラを寝室のソファの上に下ろしてくれた。

確かに今日のパーティーは大きなクラスだと思う。だけどこのぐらいのパーティーはよくある事だからミカエラは首を傾げる。

「パーティーですか？」

「ああ。ヴォーリッツでパーティーといったら、使用人達と飲んださっきのだ」

この服も辛いと、イヴァンはリンネルの襟を外してミカエラの隣に座った。

貴族特有の帽子や長い裾のガウンは嫌だったらしく、騎士らしいビロードでできた腰までの上着に細身のズボンと腿まであるブーツという服装だ。銀のベルトには金箔《きんぱく》で飾りがあり服の色に合わせて青い色の宝石が散りばめられている。黒に見える濃紺のビロードの上着も脱いで、本当に疲れたような溜め息を吐いている。

「もしも、今までのようなファーレンホルストになったら……今回みたいなパーティーは結構な頻度でありますよ？」

「……本当か？」

高い背に屈強な体躯《たいく》をしていて頼りになるイヴァンが、背を丸めて眉を顰《ひそ》めながらミカエラを見た。

なんだか可愛いと思うのはどうしてだろう。

だって初めてだ。ミカエラが大丈夫なのにイヴァンが駄目だなんて、初めてだから小さく丸まっている背を叩く。

「本当です。こういったパーティーは小さな頃から出ていますが、今回のような大きさのパーティーは一年に二回ぐらいです」

「……また、アイツのあんな顔を見るのか」

きっと思い出しているのは、揶揄うような笑みを浮かべたクライヴの顔だろう。

他国の王族はイヴァンとミカエラの姿を見て満足そうにしていた。クライヴの広めた噂を信じ、まるで吟遊詩人の歌う歌のようだと思っている。

本当は足を挫いただけなのに、イヴァンに抱きかかえられていたミカエラを見れば勝手に想像してくれた。

卑劣な手で戦いを始めたファーレンホルストへの非難を、被害者であるヴォーリッツの騎士が守っている。誰にも触れさせまいと、誰の批判も届かないように、庇護しているようにしか見えない。

そのせいかイヴァンが嘆くほどクライヴの顔はご機嫌だった。

「……そういえば、クライヴ様とお知り合いなんですか？」

「……そう見えるか？」

「ええ。少しだけ」

最初からイヴァンとクライヴは知り合いだと思える会話をしていたと思う。ファーレンホルストに奇襲を受けた者同士で、城の前で合流する形になって事情を話し合っただけだと言われるより友人のように感じる。

「まぁ、騎馬試合で一騎討ちを何度かさせられたぐらいだな」

「……え？　あの、クライヴ様と一騎討ちを？」

「二勝一引き分けだ」

詳しくは説明してくれない。それ以上は教えてくれそうにない。でもヴォーリッツ家がアーリンゲ王国に招かれたのか、アーリンゲ前国王とヴォーリッツ城伯が個人的に知り合いかのどちらかだろう。

だけどイヴァンが言う通り二勝一引き分けならば三回も一騎討ちをしている事になる。クライヴよりもイヴァンの体格が勝っているから、この結果も当然のような気がするけど年齢もかなり離れていそうだから凄い事だった。

「……お怪我は？」

「こうしてここにいる程度だ」

苦笑するイヴァンに頭を撫でられ、ミカエラはここまで着たままだったドレスを掴む。恥ずかしくて嬉しくて、イヴァンに頭を撫でられる事に慣れてしまった自分が幸せだ。イヴァンと雑談するのも嬉しい。色々な事があったから、色々な事を知りたい。そんな事を思っていたミカエラの頭からイヴァンの手が離れた。

甲冑は着たままでも平気なくせに、礼服は堅苦しくて嫌いらしい。腿まであるブーツを脱ぎながらシャツの前を開ける。

それをぼんやりと見ていたミカエラは、今の状況に気付いてしまった。

国王の寝室を使うようになってからイヴァンと一緒に寝ていたけど、まだ服を脱いで寝た事はない。

でも今日、教会に認められた夫婦となる。

今夜、本当の夫婦になるのかと、ミカエラは赤くなった頰を両手で隠した。

「どうした?」

「い、いえ、何でもないですっ……あの、そろそろ寝ますか?」

「そうだな、ミカエラも疲れただろう?」

リンネルのシャツと細身のズボンという格好になったイヴァンは、ミカエラを見て困ったような不思議な顔をする。

何だろうと思っていれば、そっとミカエラのドレスを触った。

「コレを着て眠れるのか?」

今までは服を着て眠るといっても普段着のような簡素なドレスだったから、ドレスを着たまま寝ても気にならない。でもコレで寝るのはどうだろうと、ミカエラも思わず自分のドレスの裾を摑んだ。

ミカエラの身長のせいではなく、礼服だから裾は引き摺るほど長いしフリルや刺繡が凄い。重さもあるから寝難いのは確実だろう。

どうしようかと思わずイヴァンを見上げてしまえば笑われてしまった。

「着替えて来るか？」

頭をぽんと叩かれて、ミカエラは眉を寄せる。

だって、もう夫婦になったのに、どうして服を着て寝なきゃいけないのか。今日教会も認めてくれたのだから何の問題もない筈だ。

少しムっとして唇を尖らせれば急に身体が浮いた。

「きゃっ！　え？　え？」

「この部屋には着替えを置いてないだろう？」

また抱き上げられて扉に行こうとするから、ミカエラはイヴァンの腕を軽く叩く。もう普通に寝てもいいんじゃないかと言おうとしたけど、それを女性から言うのはどうだろうと顔を赤くする。

「あの、着替えは、ちょっと！」

「ん？」

「私の部屋、ベリンダが使ってるし」

丁度イヴァンが扉を開ける前に言えたからピタリと止まった。

慌ててたから適当な言い訳になってしまったが、ベリンダが元の部屋を使っているのはイヴァンも知っている。ミカエラにとっては少し怖いけど、イヴァンにとっては怖くもないと思うのだがベリンダの名を出せば納得してくれる。

「こんな日に自分の部屋に戻ったら……何事かと聞かれると思います」

「……そうか」

「だから、その……」

扉の前で立ったままのイヴァンを見つめて、ミカエラは手を握り締めた。

でも言っていいのだろうか。そういう事を淑女が口に出してはいけないと言われているし何より自分が恥ずかしい。

「……あの、だから」

はしたないと教えられていたから、どうしてもミカエラは口に出せなかった。

ちょっと下を向いて顔を顰める。イヴァンの腕の辺りのシャツを摑んで悔しくなる。

「……このまま、その、このドレスで寝ます、から」

俯いてしまえば表情は見えないから、何を思っているのかイヴァンには気付かれないだろう。それでも酷いと思うのは、少し戸惑った感じはあるけどミカエラの言う通りに踵《きびす》を返す事だ。

どうして解ってくれないのか。教会の教えを信じてなくても夫婦になったのは解っていると思うのに、どうして普通に寝てくれないのかミカエラには解らなかった。

最初は服を着て寝るのが普通だった。まだ結婚も決まっていなかったし、まるで予行演習のように同室にされたのだから、本来なら一緒に寝る筈もない。ただ事情が事情で部屋を飛び出せなかっただけだ。

だけどもういいだろう。夫婦となったのだから普通に一緒に寝てもいいと思う。

もやもやと考えているうちに寝室に着いてしまったのか、ゆっくりとベッドに座らされた。

「……本当に、それで眠れるのか？」

だからどうしてと、少し苛々したミカエラはイヴァンを睨み付ける。

もしもここで眠れないと言ったらどうするのか。脱いで昔のように寝ると言ったらどうするつもりなのか。

「私達……今日、結婚しましたよね？」

「ん？　ああ」

どうしてそんなに簡単に答えるのだろう。

苛々する気分よりも悲しさが勝って、ミカエラの目の奥が熱くなった。

だって酷い。結婚したじゃないか。なのにまだ他人行儀に服を着たまま寝るというのか。まだ夫婦じゃないと言われているようで、悲しくて悔しくて心の底に隠した言葉が出る。

「……じゃぁ、どうして服を着て寝なきゃいけないんですか？」

思わず言ってしまったと、口元を押さえてイヴァンを見れば驚いた顔をされた。

そんなに驚く事なのか。驚かれた事にミカエラは悲しくなる。確かに自分と結婚するのはイヴァンにとって本意じゃないと思っていたけど、今でもそう思っているのかと思えば苦しくなる。

「……夫婦になって普通に寝るという事がどういう事か解っているのか？」

「……そうですよね、私と」

「もう少し大きくならんと……無理だろう？」

「え？」

なんだか思っていた事と違うような気がして、ミカエラはイヴァンを見た。

凄く困ったような顔をしている。こんな話をしているのに、照れているというよりは困惑しているように見える。

「こんなに細いと、壊しそうなんだが……」

「ひゃっ！」

わしっとウエストを摑まれてミカエラは硬直した。そのまま抱き寄せられてイヴァンの胸に顔を埋める。

「小さいし」

片手は腰を抱いたままで、空いた手で頭を撫でられた。

言われなくとも体格が違うのは解っている。ミカエラがイヴァンを抱き締めようとして背に腕を回しても、自分の手で手を摑む事もできない。

でもそれが本当に障害になるのかミカエラには解らなかった。

だって誰も教えてくれない。王族ともなれば気軽に話しかけてくれる人もいないし、そんな品のない話なんてベリンダだって教えてくれない。

だから何も考えずに凄く簡単に口から出た。

「……どうして？」

「いや、どうしてと言われてもな……無理だろう？」

「だから……どうして駄目なのか解らないです」

本当に解らないから言ったのに、イヴァンは上を向いて溜め息を吐いている。それでも腰に回された腕はそのままだから嬉しくて、ミカエラはイヴァンの胸に頰を寄せる。

「私が話をするのって、兄か妹かベリンダだけで……他の貴族の人達とか、使用人達とも、そんな長くお話ししたりしないし……」

「……何も知らないという訳か」

「はい」

恥ずかしいのと情けないのとでゴチャゴチャした頭の中で、それが普通じゃないのかとミカエラはイヴァンを見つめた。

子供を作る行為は神聖なもので、教会に認められた夫婦しかしちゃいけない事だ。なのにイヴァンはどうして解るのだろう。細くて小さいと駄目だなんて、知っている方が奇怪《おか》しいと思う。

「……もしかして、イヴァン様は、知ってるんですか？」

「そりゃぁ、まぁ……知っているが？」

「なんでっっ⁉」

余りに驚いたから膝立ちになって、イヴァンの胸元のシャツを摑んだ。

ベッドの上で膝立ちになっているのにミカエラはイヴァンを見上げなければいけない。それでも摑んだシャツを引っ張れば、本当に困ったような顔をしてイヴァンは溜め息を吐いた。

酷い。声が聞こえるような溜め息は酷い。悲しいのと悔しいのと色々な感情が混ざってミカエラが顔を顰《しか》めれば、甘やかすようにイヴァンは腰をポンと叩いて苦笑した。

宥《なだ》めようとしているのか、それとも落ち着けと言っているのか。そんな雰囲気のイヴァンをミカエラは睨む。誰ともそんな話をした事がなかったし、兄達に聞ける筈もないし妹なんて論外だからミカエラは本当に何も知らない。

だって何も知らなくていいと言われていた。

まだ、何も知らなくていいと言われていた。

ミカエラは知らないけど、夫婦でもないのにそういう行為をする人がいるかもしれない。

結婚しているのに、違う人とそういう行為をする人もいるかもしれない。

でもそんな下世話な話が少しでも流れてくればベリンダが遠ざける。それは汚らわしくて下品で卑しい事だから聞いては駄目と言われた。

なのに、どうしてイヴァンが知っているのかと眉を寄せる。

「……なんでと言われてもな。前に話しただろう？　そんな上品な育ちはしてないって」

「で、でも……じゃぁ、結婚を約束した女性がいたんですか？」

「そんな女はいないが……この国の城から出た事がなけりゃぁ、解らないか」

肩を竦《すく》めて言うイヴァンに、ミカエラは少し悲しくなった。

だけどイヴァンは頭を撫でてくれながらポツリポツリと話をしてくれる。

色を売る女がいる事。国王の城の周りにある綺麗な街ではなく、少し離れた寂れている街にはソレを商売としている女がいると教えてくれた。

貧しさの中では教会の教えなんて届かない。だから色を売る。そうしなければ生きていけない。それが仕事になる。そういう事があるんだとイヴァンは言った。

「……じゃぁ、そこで？」

「まぁ、そうだな。余り詳しく言う事でもないが、身体が小さいと負担も大きくなると思うんだが……」

「大丈夫です！　だって来年には婚約式をする予定だったし！」

本当の夫婦になったのだからと、イヴァンに必死に言えば溜め息を吐かれてしまった。

でも譲れない。だって自分に負担があるのなら我慢できる。もう結婚もできる年齢なのだから大丈夫だと、摑んだイヴァンのシャツを引っ張った。

「……駄目なんですか？」

「何も知らないのに？」

「……教えてくれればいいと思うの」

言い方がおかしかったのか、それとも言っている内容がおかしかったのか、イヴァンは苦笑しながらミカエラの頭を叩く。腰に回していた手も上げて、両手をミカエラの頰に添えてから優しいキスをしてくれた。

唇が合わさった時にミカエラは少し硬直してしまうけど、イヴァンとのキスが嫌いな訳ではない。

ただ恥ずかしい。それに息が苦しい。キスはすぐに終わるから、イヴァンの顔を間近で見なくちゃいけないから余計に恥ずかしかった。

「……んぅ？」

ゆっくりとイヴァンの舌がミカエラの唇を舐める。何だろうと気を抜いて口を開ければ、すぐに舌が入ってきて舌の脇を舐める。

頬にあった両手が耳の後ろに回って、やわりと撫でるから硬直した。

「んんっ……」

擽ったいから身体を捩《よじ》るけど、イヴァンの両手が頭から外れないだけで動けない。裾の長いドレスを着ているから、裾を足で踏んで動けない。

苦しいから、嫌じゃないけど苦しいからイヴァンの胸を叩けば唇がそっと離れた。

急いで息を吸って吐いて呼吸を整えていれば、イヴァンが耳の後ろにキスをする。少し強めに吸ってから、べろりと舐められてミカエラは変な声が出そうになった。

「っっ！」

「……本当にいいのか？」

いつもよりも、もっともっと低い声で耳元で囁くからミカエラの身体の力が抜けてしまう。恥ずかしいぐらいに身体が崩れそうになるから、イヴァンの首に腕を回した。

ゆっくりとベッドに押し倒される。腰を持たれて引っ張られ、ベッドの中央に寝転んだ体勢になる。

怖いけど、それよりもイヴァンと正式な夫婦になりたかった。

「もちろんです……だって、夫婦になったんだから」

本当は婚約式の後に妻としての嗜《たしな》みを教わる予定だった。ベッドに入る時にはどうするのか、その時の服装だとか挨拶だとかを習う予定だった。

でもミカエラは淑女としての礼儀作法やマナーしか学んでいない。王族として生きてきたから下世話な話もしない。だからミカエラが知っているのは子供を作る行為というだけで、これから何をするのかは知らなかった。

「……え？　っっ、ふっ」

身体が小さいと負担がかかると言われた行為なのに、イヴァンの手が身体を撫でていくと擽《くすぐ》ったくて笑いたくなる。

でも笑っていいのだろうか。子供を作る神聖な行為なのに笑ってもいいのだろうか。

だけど我慢できなくてミカエラはイヴァンの肩を叩いた。

「あ、あのっ、ふふっ、擽ったいです」

「ん？　これが？」

「そっ、そうですっ、はっ、あははっ」

脇腹や腰を撫でられると笑いが零れる。擽ったいのになんだかじりじりするから、ミカエラはドレスの中で踊るように身を捩る。

体温が上がるのが解る。笑えば全身が痙攣《けいれん》するように震えて、酸素が足りなくなって溺れるような息をする。

「ふふっ、も、駄目っ、あははっ……ひゃっっ⁉」

態《わざ》とだろう。脇腹を撫でるというか揉まれてしまえば変な声が出た。

イヴァンも一緒に笑いながら擽るから困る。耳の後ろを舐めたり首筋を噛んだりしながら笑うから、ミカエラはイヴァンの頭をポカリと叩く。

肋骨《ろっこつ》を数えるように撫でながら、胸の下をやわりと触られ身体が跳ねた。

「え、わわっ、あっ」

キスの時も思ったけど、裾の長いドレスの中にいるから逃げられない。後ろに下がる事も横に逃げる事もできないから、イヴァンのシャツを強く掴む。

布地の上から触られているだけなのに、どうしてこんなに擽ったくて変な感覚があるのかと眉を寄せた。

「どうした」

すぐに気付いてくれるのが嬉しい。皺《しわ》の寄っている眉間《みけん》にキスを落としてくれるから、深呼吸してからイヴァンの額にキスをした。

「……だって、擽ったい」

「擽ったければ笑えばいい」

「……いいの？」

「ああ。声も我慢する事はない」

イヴァンの答えに安心して、ふとミカエラは思い出す。自由に動けない身体というのが怖いのかもしれないから、服を脱がして欲しいと思って顔を赤く染めた。

そんな恥ずかしい事は言えない。はしたないしみっともない。

口元を押さえて真っ赤になっていれば、膝頭にイヴァンの手がそっと触れた。

「ひゃっっ!?」

両手で膝から腿まで触っていく。ウールのストッキングを留めているガーターベルトを外しているのか指が当たって擽ったい。

でも擽ったいなんて思えていたのは、ここまでだった。

ゆっくりとストッキングを下ろしていくイヴァンの手は慎重で、剣を持ち戦う為の手は硬くささくれだっている。その手が自分の脚を触ると、擽ったいというより背筋にぞくぞくとした悪寒が走った。

風邪で熱が出る時のような悪寒だけど、違うのは他の辛さがない事だろうか。

その初めての感覚に驚いているうちに両方のストッキングは下ろされてしまう。膝まで捲れたスカートを恥ずかしいと思う暇もなく、イヴァンの手が腿を撫でていた。

「……っっ」

「まだ、擽ったいか？」

ふるふると首を振ればイヴァンはミカエラの頬にキスをくれる。

擽ったさが悪寒に変わってなんだか訳の解らない感覚になって怖いから、ミカエラは必死にイヴァンの首に縋り付く。

内腿を緩慢な動きで撫でて、脚の付け根で擽った。

そんな所を触られると思わなかったし、そんな場所を触られただけで身体が跳ねるなんて知らない。

だってもう悪寒じゃない。なんだか解らない痺れるような酷い刺激があった。

「……ふっ、あっ」

イヴァンの手が陰部を撫でるから、ミカエラは首筋に爪を立てる。割れ目を開くように撫でる指にミカエラは小さく震えた。

本当にこんな事が必要なのだろうか。知らないから聞く事もできずに、ミカエラはもどかしくイヴァンの唇を探す。少しだけ首を持ち上げて揺するように唇を舐める。

「んっっ!? んーっ」

キスをした瞬間に、イヴァンの指が陰部のどこかを強く押した。

少し痛くて声を出せばすぐにイヴァンの指は離れていく。涙目になって睨めば苦笑されたけど、なんとなく嫌な予感がする。

「……い、今の、痛かった」

「そうか」

イヴァンはミカエラを見て困ったように笑う。いや、そうじゃないかもしれない。なんとなく意地の悪い笑みに見えた。

だって、何か言っている。濡れないとか何とか言いながら、ミカエラの頬にキスをする。

「え? ちょっ……きゃぁあ！」

いきなりスカートの中に顔を突っ込んできたイヴァンに、ミカエラは真っ赤になりながら上半身を起こした。

起き上がって見た光景にくらりと眩暈《めまい》がする。スカートの布地に隠れているけど、その中にイヴァンが入っていると思えば頭だって叩きたくなる。

だから感情のまま頭をぽかぽか叩いていたけど、イヴァンの息が当たってヒクリと硬直した。

ぬるりとした何かが割れ目を撫でる。下から上にゆっくりと何度も往復する物は何だろうか。考えたくなくて手を口元に当てて、ミカエラはぎゅっと目を瞑《つむ》る。

「あっ!?　え!?　や、やだっっ」

閉じているのに無理矢理抉じ開けるように、割れ目を広げていく何かが怖くなった。

どうしよう。これは何だろう。広げるように動く何かに体温が上がる。じわりと汗が噴き出して全身が真っ赤になったと自分で解る。

なんだか怖くて。どうしていいか解らないからミカエラはイヴァンの頭を腿で挟んだ。

「うん……あっ、あっっ」

柔らかい内腿でイヴァンの頭をぎゅーっと挟めば、硬い髪がちくちくする。それすら変な感覚に変わりそうで怖い。

しかも、どこか解らないけど一箇所で、身体が酷く跳ねると知った。

そこを弄られると身体の中から何かが零れてしまいそうになる。熱くて熱くて苦しくて、どうしてか上手く呼吸ができなくなった。

「ひっ、あ、やだっ、やっ」

バレてしまったのか、頭の中で火花が散るような箇所を何度も弄られる。柔らかい何かに挟まれて、じんじんと痺れるような痒《かゆ》みと衝撃がある。

知りたくないけど、違っていて欲しいけど、きっとイヴァンが舐めているんだとミカエラは頭を振りながら涙を飛ばした。

「あっ、あっ、ゃあっ!?」

ずるっと、身体の中に何かが入ってくる。もしかしたら、もしかしなくても、イヴァンの指だとミカエラは震える。痛いのと圧迫感で苦しいのに、跳ねる箇所を舌で弄《いじ》られると苦しさを忘れてしまう。

何をされているのか。どうなってしまうのか。どんどんと身体の中に入ってくる何かに怯え、腰が砕けそうな感覚に涙が零れた。

なのにイヴァンは止めてくれない。痛いぐらいに感じる箇所をちゅっと吸い上げ舌で意地悪するように嬲《なぶ》る。もう腫《は》れて痛いのに、尖った箇所を柔らかく噛まれる。

指は奥の奥まで入り込み、慣れてきた頃にゆっくりと引き抜かれた。

「うんっ……あ、ひぁっっ！」

ぷちゅっと指が抜けたのに安心していたら、また急に奥まで入ってくる。さっきは痛かったのに、圧迫感と苦しさを感じたのに、どうしてか今度は苦しくないから怖くなる。

怖い。気持ちいいのか苦しいのか解らなくて怖い。

頭から手を離してシーツを握り、脚をピンと伸ばして痙攣《けいれん》するように震えれば、イヴァンは突起を舐めてから顔を上げた。

「……痛く、ないか？」

「んんっ、んっ」

指はまだ身体の中に入ったままで、ぬるぬると滑《ぬめ》りを纏《まと》わせながら抽挿《ちゅうそう》させている。どうしてかイヴァンの言う通りに痛みはない。ただ背骨の終わり辺りがゾクゾクしているだけだ。

「じゃぁ、コレは？」

「ひっっ!?　あっ、痛く、なっ」

急に苦しくなる。指の入っている箇所は少し引き攣《つ》っているように感じるけど、中はそんなに痛くはない。

だけど、指が引き抜かれる時が怖い。なんだか内臓を持っていかれるような喪失感を感じて、怖いとイヴァンを見つめる。

「もう少し、頑張らないと無理だな」

「んっ、がんばる……ひゃぅっっ！」

指が少しだけ曲がったのか、酷く感じてミカエラは跳ねた。

跳ねた箇所を何度も弄るように指が動く。びくびくと震えるしかできなくてシーツを握る力が強くなる。

「やっ、そこ、やだぁっっ」

ぐちゅっと淫猥《いんわい》な水音が聞こえてくるのが恥ずかしくて、ミカエラは頭を振って涙を散らせながら懇願した。

でもイヴァンの手は止まらない。こんなに懇願しているのに酷いと思うけど、イヴァンの顔も辛そうに見えてミカエラは唇を噛む。

「ひぅっ、やっ、苦しいっ」

「痛くはないんだな？」

もっと苦しくなったけど痛くはないからミカエラは必死に頭を縦に振った。

熱い。痛くないけど苦しくて熱い。汗が流れて頭皮を擽るのも気持ちが悪い。それに変に動いたからか、ドレスが妙に捻《ねじ》れて窮屈《きゅうくつ》になった。

「ね、あっ、お願いっ、熱いっ、脱ぎたっい」

今度の懇願はイヴァンに届いたのか、ずるっと一気に指が引き抜かれた。ミカエラやベリンダと比べるのは失礼だろうが、凄い力だったからスルっとドレスが脱げた。

息を飲んで跳ねればスカートの裾を摑んだイヴァンが捲り上げる。ミカエラやベリンダ
汗ばんだ素肌に感じる空気は少し冷たい。ぼんやりと見ていればイヴァンも服を脱いでいて、騎士としてついた筋肉が身体の厚みになっていると解る。

イヴァンが屈んできて、ミカエラに体重をかけないように覆い被さってきた。

片手はミカエラの横に片手は頰に置いてそっとキスする。頰に額に耳の裏に、何度も何度も小さなキスを落としてからミカエラの膝の裏を摑んだ。

「あ、あの……あの……」

何を言えばいいのか解らない。だって止めて欲しい訳ではないし、説明して欲しい訳でもない。

ただ何か言わないと怖かった。

「無理そうだったら、引っ掻いて抜いてって言えば抜いてやる」

「え？」

何がなんだか解らない。何を抜くのか解らないけど、イヴァンは薄く笑いながらミカエ

ラの手を肩に導く。

そうか。無理そうだったら肩を引っ掻けばいいのか。

逞しくて熱い肩に手を置いたミカエラは、イヴァンに引っ掻かないと言おうとした時に蜜口に何か感じた。

「え？　あ、んんっ」

指とは違う。熱くて柔らかいのに硬い何かが蜜口に触れる。少しだけ力を入れたのか、肉を開いて入ってくる何かにミカエラは目を見開いた。

痛い。痛い痛い痛い痛い。

だけど声は出なくて出したくなくて、息だけが喉を通り口から出る。

「……大丈夫か？」

「はっ……ん、だ、いじょうぶ」

本当は大丈夫じゃなかったけど、ミカエラは掠れた声で必死に告げた。

だって痛いなんて言えない。いや、痛いというより熱い。じりじりと熱くて苦しくて、目を閉じると涙がほろりと零れる。

「余り大丈夫じゃなさそうだがな」

奥の奥までぴっちりと埋まっているようで、イヴァンと繋がれたのだと思えば純粋に嬉しかった。

身体の中から違う鼓動が聞こえる。痺れているような腕を必死で動かしイヴァンの背に縋る。もう少しだけこのままでいて欲しい。

だって凄く凄く幸せを感じた。

「……ミカエラ？」

「んっ、もうちょっと、このまま」

動くと怖いけど必死になってミカエラはイヴァンの胸に額をつける。

身長がかなり違うから、このままじゃキスはできない。だけどイヴァンは優しく頭を撫でてくれるし、熱いぐらいに温かいからミカエラは息を吐いた。

ゆっくりと身体の力を抜く。痛くて強張っていた筋肉を伸ばすように、身体を心を全てイヴァンに預ける。

「……んっ」

身体の力を抜いたせいか、酷くイヴァンを感じて急に体温が上がった。

痛い事は痛い。でも痛いのにゾクゾクとする何かが這い上がってくる。だからミカエラはイヴァンに身体を寄せて、それが失敗だったと知った。

「あっ！　え？　ひぁっう」

「ん？　ああ、コレがいいのか？」

「やっっ、やぁっ、だめっ、だめぇっ」

ほんの少し、少しだけ奥を突くように動かれて、ミカエラは狂ったように頭を振る。

どうして。これは何だろう。

奥を突かれると頭の中が真っ白になる。痛いのか苦しいのか気持ちイイのかも解らなくて、なのにお腹の中がきゅーっと痺れるような知らない感覚が怖かった。

「っく……」

「あっ、イヴァっん、やだっ、やだっ」

腰を押さえられているから逃げる事もできない。ただ奥に奥にと入ってくるイヴァンが怖くて、縋《すが》るように背に爪を立てる。

「イイなら……全部、入れさせてもらうぞ」

「ひぃっっ!?」

まだ全部入ってなかったと知って、ミカエラは涙を零した。

駄目。壊れちゃう。だってそんな奥は駄目。

苦しいのにまだイヴァンは入ってくる。宥《なだ》めるように腰骨を撫でられると、違う快楽が襲ってくるから怖かった。

「いやっ、イヴァン、しんじゃうっ」

「死なねぇよっ」

「いやぁあっっ！」

ゴツっと奥の奥にイヴァンが当たる。何か、なんだか解らないけど、何かを抉じ開けられたような気がする。

だって入れられているだけで肌が粟立つ。

痙攣《けいれん》のように震えて頭の中が真っ白になる。

涙をほろほろと零して喘《あえ》ぐように息をしているミカエラに、イヴァンは優しいキスを唇に落とした。

本当にイヴァンが好きだ。これで本当の夫婦になれたのか。嬉しいという気持ちがミカエラの心に広がって、中にいるイヴァンを締め付けた。

「……っっ」

「んっっ、イヴァンさ、ま……好きっ」

「ああ、知ってる」

汗で額に張り付いた髪を梳いてくれる。それも嬉しくて頭の横にあるイヴァンの手首にキスをする。

本当に幸せだ。

嬉しくて嬉しくてミカエラはイヴァンに縋り付いた。


「……おはようございい、ます？」

「あらあら、まぁまぁ」

ミカエラがイヴァンと一緒の寝室を使うようになってから二週間近く経っていた。

アーリンゲ国王の提案に喜んだベリンダと使用人達のせいで、無理矢理一緒の寝室にされてから二日。そしてすぐに婚約式と結婚式を行うという事で各国に知らせたが、ファーレンホルスト王国で式を行えるようにするまでに時間がかかった。

その間、二人一緒に寝ているけど余り変わりはない。

朝はいつもイヴァンが先に起きて騎士として身体を動かしている。ミカエラはベリンダが起こしにくるまで寝たままでベッドにいる。

朝食の時は顔を合わせるが、大広間に来る時間が違うので近い席にはならなかった。

だから確かに珍しい。ミカエラとイヴァンが一緒に朝食の席に着くのは珍しい事ではあるし、使用人達の視線を集める事でもある。

「おはようございま〜す、イヴァンの旦那〜」

「今日は一日オヤスミって事にしますか〜？」

昨日の結婚式の余韻を引き摺っているのか、ファーレンホルストとヴォーリッツの両方の使用人達が浮かれているのも解った。

でも何より、ミカエラは注目を集める事をしている自覚はある。

朝からイヴァンに抱っこされて大広間に来たのだから、笑われても仕方がないと解っている。そのまま椅子に座らせてもらい、隣に座ったイヴァンに背を支えられているのだから誰もが見てしまうだろう。

でも、イヴァンがどう思っているのかは解らなかった。

自分がちょっと頰を赤くして両手で顔を隠しているのに、堂々としているイヴァンが恥ずかしいと思っているのかは解らない。

「……どうなさったんですか？　ミカエラお嬢様」

この状況が不味いのは解っていても、どうしようもないのだから仕方がないじゃないかとミカエラは叫びたかった。

今朝目を覚まして最初に見たのがイヴァンだったのは凄く嬉しかった。いつもなら騎士としての訓練に行ってしまうのに、今朝は目を開けたミカエラの頰を撫でてくれたのも凄く幸せだった。

でも恥ずかしいからベッドから下りようとして、腰が抜けたみたいにべしょりと床に落ちそうになってからは、嬉しさも幸せも少し遠ざかったような気がする。

だってイヴァンは知っていた筈だ。

完全に床に座り込む前にイヴァンの腕が伸びてきて、ひょいと軽々ベッドに戻されてしまう。また頰を撫でられたけど、今度は余り嬉しくなかった。

どうして立てないのかと、聞けば視線を逸らされる。知っているんでしょうと、問い詰めたら昨日脱いだアンダードレスを頭に被せてくる。

だけどミカエラが動けないとなると大変だった。

だって服を取りに行く事もできない。イヴァンがミカエラの部屋を漁るのも不味いと思うし、使用人達はもう仕事を始めている時間だから頼む事もできない。

どうしようか悩んでいれば、ズボンを拾ったイヴァンが寝室を出ようとした。

ベッドに座ったままのミカエラには扉の近くにいるイヴァンの姿は見えない。きっと服を持ってきてくれるのだろうと、アンダードレスに腕を通した時にイヴァンが戻ってくる。

もしもミカエラの部屋に服を取りに行ったとしたら、幾ら何でも早過ぎだろう。

だから首を傾げていればイヴァンが服を差し出した。

「……えっと、ね」

「昨日挫いた足がまだ痛いんですか？　ミカエラお嬢様」

「こら、違いますよ。もう結婚式を行ったのですから、ミカエラ奥様とお呼びなさい」

いつものようにキリっとしたベリンダが使用人に注意する。使用人は今気付いたという顔をしたけど、嬉しそうにベリンダに頭を下げてからミカエラ奥様と言う。

でも、ミカエラはベリンダの顔を見る事ができなかった。

だってイヴァンが物凄く早くミカエラの服を持ってきた理由が理由だ。もちろんイヴァンだって驚いただろう。扉を開けたら椅子が置いてあって、その上にミカエラとイヴァンの服が置いてあったら驚くに決まっている。

誰がどう見てもどう考えても、ベリンダの仕業だった。

いや、助かったのだから悪く言うつもりはない。本当に助かったからお礼を言いたいぐらいだけど、恥ずかしくて顔を見る事すらできない。

しかし、ベリンダは何も言わずにミカエラとイヴァンの前にグラスを置いた。

「ミカエラ奥様はいつもの黒イチゴのワインで宜しいですか？」

「……え、ええ」

今朝は朝食とは思えないほど豪華だが昨晩の残り物と解れば奇怪《おか》しくない。白パンに孔雀やガチョウのローストにソーセージもある。ニシンのパイにウナギのテリーヌもあり、ダリオールやリコッタのクレープなどのデザートまであった。

「イヴァン様は何になされますか？」

「エールで。今朝は助かった。ありがとう」

「いいえ。乳母の務めですから」

物凄くサラリとお礼を言うイヴァンを、目を丸くしてミカエラは見つめる。

もしかして、居た堪れなくて恥ずかしくてどうしようかと思っているのは自分だけなのか。なんでそんなに堂々としているのか。立てないし歩けないのはどうして自分だけなのか解らない。

ぐるぐると考えていれば表情に出たのだろう、イヴァンは苦笑しながらミカエラの頬をそっと叩いた。

「どうした？」

「……どうして、私は朝ベッドから下りて、立つ事ができなかったんでしょうか？」

色々と質問はあるけど、一番最初に気になった事を口に出す。そっとイヴァンの顔を見れば困った顔をしていて不思議になる。

しかし、何故か周りにいた使用人達が噴き出した。

「え？　何か変なコト？」

「……いや、変ではないが、その質問はここでするもんじゃないな」

ぽんと頭を叩かれて引き寄せられる。イヴァンの胸に頬をつけるような体勢は恥ずかしいけど慣れたような気がする。

周りの使用人達も聞かなかった事にしたのか、皆が皆自分の目の前にある食事に手をつけようとしていた時にベリンダの声が響いた。

「それでは、きっとお子様ができるのも早いですわね」

ぶほっとかゴフっとか、変な音が周りに響く。

「きちんと破瓜《はか》の証もありましたし、ベリンダは安心です」

ゲホゲホとかングググとか、咳《せ》き込む者が続出してミカエラは首を傾げた。

何だろう。何の事なのか知りたくて、ミカエラはイヴァンを見て口を開く。

「その、はかのあ……っぷ！」

「……口に出さなくていい。ところで、そこまで確認するのは普通なのか？」

「ええ。王族では当然の事ですわ」

冷静に飲み物を注いでからベリンダは台所に向かう。周りの使用人達はベリンダの後姿を追ってから、一斉にミカエラとイヴァンを見つめた。

「え？　何でしょうか？」

「……いや、そのなぁ、そうだよなぁ、姫さんは細いしなぁ」

「もう姫さんじゃないって。まぁ、確かにイヴァンの旦那の嫁じゃぁなぁ」

ヴォーリッツの男の人達が唸りながら頷いている。女の人達は完全に顔が隠れるぐらい下を向いていて、パンを掴みながら硬直している。

そして今度はファーレンホルストの男の人が楽しそうに言った。

「まぁまぁ、そりゃぁ俺達も思ったさ。ミカエラお嬢様、いや奥様は細いし」

「イヴァン様が大き過ぎるんじゃねぇの？」

はっきりいって、ミカエラには意味がちっとも解らなかった。

どうしてファーレンホルストの使用人達とヴォーリッツの使用人達が同じような反応をするのか解らない。男の人達はボソリボソリと聞こえない小さな声で話し合っているし、女の人達はやっぱりパンを持ったまま硬直している。

男の人と女の人の共通点を挙げれば、皆がミカエラと目を合わせてくれない事だった。

ここまでくると、どうしてと聞けそうにない。だからミカエラは喋っている使用人達を見ていたが、上から低い声が聞こえてきた。

「……俺も心配だったがな。まぁ、安心しろ」

何が心配で何が安心なのかと首を傾げれば、今度は女の人達まで顔を赤くしながら小さな声でキャーキャー言っている。男の人達はウオーとか雄叫びを上げている。

余りに解らないからちょっとムッとして、睨み付けるようにイヴァンを見た。

「何の話ですか？」

「……聞きたいか？」

イヴァンに揶揄《からか》うような雰囲気はない。すぐに教えてくれればいいのにとも思うが、どうしてか少しだけ嫌な予感がする。

「……はい」

だけど知りたいから頷けば、イヴァンはミカエラの耳元で囁いた。

本当に小さな声だったから周りには聞こえないだろう。イヴァンの言葉を聞いたのはミカエラだけだ。

だから何を言ったのか周りには解らないけど、耳元からイヴァンが離れて少ししてからミカエラの顔は音がしそうなほどに赤くなった。

もう涙目でイヴァンを見ている。口を開けているけど声が出せないのか、それとも声を出すのも恥ずかしいのか、慌てるミカエラの頭をイヴァンは撫でている。

「えっ……あ……う……」

口をパクパクさせてイヴァンに何か訴えているようだが、周りにいる使用人達には何がなんだか解らない。

なのにイヴァンは目を細めて笑い、ミカエラの頬を撫でながら額にキスをした。

「ああ、そうだな」

「……うぅ……も……」

「そんなに可愛い顔をするな」

二人をじっと見ていた使用人達は、そっと視線を朝食に移す。白パン贅沢だね～とか、ウナギのテリーヌ美味しいね～とか言い出している。

でも仕方がないだろう。

使用人達に同情したくなるほど、ミカエラとイヴァンはイチャついていた。

「なんか、ほら、あれだ」

「ああ、そうだよなぁ」

もそもそと白パンを食べながら小さな声で話す。ご馳走といってもいいぐらいの食事なのに何故か味がしない。

「お世継ぎには困らなそうよね……」

「確かに」

皆のぼそぼそした話と二人のイチャつきは、台所からベリンダが出てくるまで続いた。

# 終章　幸せの城

今までのような生活に戻るまで、まだまだ時間がかかるだろう。

ファーレンホルストとヴォーリッツの使用人達が頑張って城を直しているが、そう簡単に直る物ではない。それでも戦いが終わったからか逃げていた国民も戻ってきて、城の周りが少しだけ賑やかになった。

まだ跳ね橋が落ちたままだから解る。商店が並びワインや塩に油が並ぶ。色々な人達が戻ってきた証拠に、豚や羊の肉にチーズや卵まで売るようになっていた。

だからミカエラの生活も変わる。他国へ嫁ぐ事を前提にした勉強ではなく、この国の王妃としての勉強を教わる。

イヴァンも騎士としての訓練と、城を直す事で一日を終えていた。

やる事は沢山ある。アーリンゲ王国からの援助もあるが、戦いが終わったからといって絵本のようには終われない。

それでも楽しくやっていけるのは、皆が本当に仲良くなったからだった。

究極の状態だったから簡単に仲間だと思えたのかもしれないが、仲良くなるに越した事はないだろう。

「……イヴァン様」

「どうした？」

王国が少しずつ蘇ってきたと実感するのは、明日今までのように国民と引見する事が決まった事だ。

小さな祭りを楽しんでバルコニーから手を振るだけだが、国民からの要望だから嬉しくなる。今までの祭りならば軽業師《かるわざし》を呼んだり闘鶏《とうけい》や芝居があったりしたが、明日の祭りは楽隊だけを呼んでの小さなものだ。

それでも皆が楽しみにしている。夕方には酒樽を転がしているのを見たし、パンを焼く匂いやシチューを煮る匂いで祭りの雰囲気が楽しい。

それは城の中でも同じで、皆が明日の祭りに浮かれていた。

「明日は引見もありますから、程々にしてくださいね」

「ああ、そうだな」

残りを明日国民に振舞うとしても、今日の夕飯は本当に美味しかった。ヴォーリッツで好まれていたラムのミートパイに、ファーレンホルストの皆が好きなガチョウのローストに盛り上がる。久々に白パンではなくライ麦のパンが食べたいという意見で、イチジクとナツメヤシなどのドライフルーツを入れたパンも焼いた。

懐かしい物を食べたせいなのか、明日祭りがあるからか、ヴォーリッツの人達はワインを多く飲んでいたような気がする。夕飯を食べ終わった後も歌いながら飲んでいて、楽しそうだからこそ女達は苦笑するしかない。

「では、私は先に寝室に……」

「うおぉお！　ミカエラ奥様ぁあああ！」

「さぁあさぁあさぁ！　どうぞどうぞどうぞ！」

「え？　え？　え？」

夕食の後の宴会に残るなんて淑女として恥ずかしいから、先に部屋に帰ろうと思っていたのに、ミカエラの目の前にグラスが幾つも差し出された。

淑女であり貴婦人としての嗜《たしな》みで帰ろうとしているが、実際は疲れているから付き合えないというのが本音だ。しかも明日は引見があるし祭りの雰囲気も楽しみたいから、早く寝室に行って横になりたい。

「私、余りワインは……え？　え？」

「くぁわんぷぁあああい！」

気付けばミカエラは両手にグラスを持たされていた。

驚いてオロオロしている間に持ったグラスに皆がグラスを当ててくる。これは飲まなければいけないのかと、慌ててイヴァンを見ればミカエラのグラスを二つとも取ってくれた。

もちろんというか当たり前というか、皆の期待に満ちた視線にイヴァンは二つのグラスに入ったワインを飲み干す。

だけどイヴァンが飲み干す前に、ミカエラの手にまたグラスがあった。

これを全部イヴァンに任せるのは失礼だろう。伸びてきたイヴァンの手に一つだけ渡して、ミカエラはグラスに口をつける。

王族の王女としてパーティーなどに良く出ていたけど、本当は余りワインを飲んだ事がなかった。

ワインよりもヒポクラスの味が好きというのもあるが、まだ十五歳だったミカエラにベリンダがアルコール度数の高い物は持ってこなかったのが大きいだろう。だからワインを多く飲んだ事がなかった。

でも一杯ぐらいなら大丈夫だと思う。普段はヒポクラスを飲んでいるけど、完全にアルコールが抜けている訳ではないからワインだって大丈夫だと思いたい。

「……っっ」

そう思って一気に飲み干したら、凄く喉が熱くなった。

何だろう。マズイ。凄いマズイ。一気に飲んだのがいけなかったと思うけど、イヴァンは二杯も一気に飲んでいるのだから自分が酔う筈がない。

ただ不味くて喉が痛いのか、それともアルコールが喉を焼いているのか、余りワインを飲まないミカエラには解らなかった。

「おお！　流石はファーレンホルストの王女様！」

「だぁからー、王女じゃなくって王妃様だってー！」

楽しそうに笑う使用人にもう帰ると言いたいけど、何故か口の中が腫《は》れぼったくて舌が縺《もつ》れる。段々と自分の息まで熱くなって、心臓の音が煩《うるさ》くなったような気がする。

「さぁさぁ！」

グラスを差し出されてミカエラが逡巡している間に、イヴァンがグラスを受け取った。

ぐいっと一気に飲み干すイヴァンを見て、ミカエラもまだ大丈夫だと確信する。

だってイヴァンは今までも飲んでいるだろう。そこに三杯も一気にグラスを空けているのだから、もうちょっとミカエラだって飲めると思う。

でもどうして、ワインを飲まなければいけないのだろうか。どうしてワインを飲んでいるのかと考えたのに、また目の前にグラスを差し出されてミカエラは眉を寄せた。

「こら、いい加減にしないか」

やっぱり伸びてきたイヴァンの手にグラスを取られてしまう。一気に呷《あお》るイヴァンの喉を見て、まだ自分も飲めるんじゃないかと錯覚する。

だけど止めた方がいいのか。それより自分はワインを飲みにここに来た訳ではないような気がする。

「どうぞ～、ミカエラ奥様ぁ～」

「え？　あ……」

思考が散漫になっているのか、考える速度が遅いのか、解らないけど思考を中断されたからミカエラはグラスを受け取ってしまった。

ぼんやりとしていたかもしれない。でも受け取ってしまったのだから飲まないといけないだろう。

ちらりとイヴァンを見るけどミカエラのグラスを飲み干した後、皆からピッチャーでワインを押し付けられていた。

これもお願いしますとは言えない。イヴァンがあれだけ飲んでいるのだから、普段飲まない自分でも二杯ぐらいなら大丈夫だろう。

恐る恐るグラスに口をつけてから、半分だけ一気に飲み込んだ。

「……まずっ」

グラスの中に声を出す。小さな声だから周りには聞こえていない筈だ。

乾杯したとしても普通に飲んでいいのに、一気に飲もうとするのはワインを美味しく感じられなかったからだった。

だから残りの半分も一気に飲み干す。マズイマズイと思いながら飲み干して、グラスを口から離したらクラリと身体が揺れた。

「おい」

流石に二杯目で身体が揺れてイヴァンに支えられる。そのままイヴァンの膝に座ると、周りが喜んでグラスを差し出す。

イヴァンの左の膝に腰掛けて、ふらりと左頬を胸に預けた。

「……お前達、調子に乗り過ぎだ」

「すんません……」

「うわ、真っ赤っかになっちゃった……」

多分自分の事を言われていると思うのだが、ミカエラはむずかる子供のようにイヴァンの胸に頬を擦り付ける。

手は膝の上だし足も行儀良く閉じているけど、頭の中は霞《かすみ》がかかったようにモヤモヤとしている。

「まだ子供なんだから、そんなに飲ますな」

ひくりと揺れたミカエラは、イヴァンの背に腕を回した。

ぎゅっと抱き付けば安心できる。厚みのある胸に温かい体温に眠気さえ感じる。

「そっちじゃない、ほら」

「……んーっ」

抱き付いていた腕を取られて、ミカエラはイヴァンの首に腕を回した。

そのまま抱き上げられて浮遊感に目を閉じる。後ろから声が聞こえてくるのが解るけど、今のミカエラには意味をなさない。

でもなんだか胸の奥がチクチクする。何に引っ掛かっているのか今の頭じゃ解らないけど、むず痒《がゆ》い感じで痛いからイヴァンに強く抱き付いた。

「どうした？　もう着いたぞ」

ベッドの上にゆっくりと下ろされても、ミカエラはイヴァンの首から手を離さない。

だって何か寂しい。何かムズムズする。

普段だったらイヴァンを困らせる事はしたくない筈なのに、今のミカエラの思考は酔っ払っていた。

「甘え上戸《じょうご》になるのか?」

笑っているような声を出すからミカエラはイヴァンを見つめる。無表情に見えるけど、もうミカエラにはイヴァンの表情が解る。

でも、どうして苦笑しているのか、どうして困った顔をしているのかは解らない。

「甘える?……甘え、ます」

「こら」

首に回したままの腕に力を入れて引っ張りながら寝転べば、イヴァンは気付いてミカエラと一緒に倒れてくれた。

腕はミカエラの顔の両脇に着いたまま、イヴァンは眉を寄せる。

怒っているのか困っているのか呆れているのか、解らないけどミカエラのぼんやりした頭では想像できない。

「甘えるじゃなくて、甘え上戸。今までもそうだったのか?」

「今まで……今までって?」

考えが纏まらなくてミカエラはイヴァンの鎖骨辺りに額をゴリゴリ擦り付けた。

今まで、甘え、それから何だっただろうか。ああ、そうだ。なんか嫌な事を言われたような気がする。嫌な事じゃなくて悲しい事だったような気もする。イヴァンと夫婦になる前に言われて悲しかった、そんな言葉を言われた気がする。

考えているのにアルコールのせいで頭が回らなくて、段々ミカエラは苛々してきた。

唇を尖らせてイヴァンの鎖骨を齧《かじ》る。小さく硬直するから痛かったのかと思って、ミカエラは齧った場所を舐めてみる。

「……何をしてるんだ」

呆れた声にムっとして、もう一回齧れば引き寄せられた。

くるりと回ったような気がして、気付けばベッドに腰かけたイヴァンの足を跨《また》ぐように座っている。ゆらりと倒れそうになるミカエラの背を支えている。

膝の上に乗っているのに、イヴァンの目を見るには顔を上げなければいけないのがミカエラには悔しかった。

だから膝立ちになってイヴァンの頬を両手で触る。冷たい色の瞳に寂しくなって、薄い唇をペロリと舐めて噛りつく。

「こら、噛まない」

「子供じゃ、ないもん」

少し開いたイヴァンの口の中に、ミカエラは自分から舌を入れた。

でもキスの仕方なんて知らない。ただイヴァンの舌を柔らかく噛む。ワインの味のする舌は熱く、気持ち良くてやわやわ噛んでいれば反対に舌を吸われた。

飲み込むように吸われると、舌の付け根がジンジンする。アルコールで痺れているのに、イヴァンに噛まれるとじわりと快楽が広がった。

「んーっ、んぅっ、だめ」

「何がだ？」

「気持ちイイから、だめ」

腰の辺りを撫でるイヴァンの手をペシっと叩く。剥がそうとしたって力じゃ敵わないから、爪を立てて痛くないように引っ掻く。

だけど指は止まってくれなくて、スカートをたくし上げるように動いていた。

「両手を挙げろ」

「え？　はーい」

つるりと服を脱がされてしまう。どうやら腰を触っていたと思ったのは、ドレスの腰についていたベルトを外していたらしい。

だからアンダードレスごとドレスを脱がされてしまえば、ミカエラの身体に残っているのはストッキングだけだった。

「うん……だめ、ですって」

膝立ちしているからイヴァンの唇はミカエラの顎《あご》辺りになる。少し屈んだイヴァンに首筋を舐められてミカエラは笑う。

だって擽ったい。イヴァンの片手は背骨を撫でていて、片手は小さな尻を揉んでいた。

「ふふ、あっ、んーっっ」

唇は喉を通り過ぎ鎖骨を舐めて胸に辿り着く。アルコールで肌は熱くなっているのに、空気が冷たいから尖った乳首を口に含む。

嬲られ舐められ弄られると、身体が震えるからミカエラは逃げようとした。

「駄目ですっ、やぅっ、あっ」

今のミカエラには自分がどんな状況でいるのか解っていない。身体を左右に振って後ろに仰け反ろうとしているけど、イヴァンが手を離せば床に落ちてしまう。

でもイヴァンの手はミカエラから離れなかった。

「……ココは、気持ちイイか？」

痛いぐらいに乳首を吸われ、じんと痺れた所を舐められると腰が疼《うず》く。揺らすように舌で嬲られ、アルコールではない肌の赤みが広がっていく。

「んっ、きもち、いいっ」

胸の下を擽るように撫でられ、ミカエラは思わずイヴァンの頭を抱え込んだ。

これ以上悪戯できないように頭を抱え込んだのに、大きく口を開けたイヴァンはミカエラの胸に齧り付く。やわやわと柔らかいモノを噛むように優しく齧っているけど、乳首の周りを齧られると腰が跳ねた。

「やっ！　だ、めっ……きゃぅっっ⁉」

尖っている乳首を齧られミカエラはイヴァンの頭を叩く。痛くはなかったけどヒリヒリするぐらい強く噛まれたから逃げようとしたのに、今度は優しく舐めるから腰が砕ける。

「も、そんな弄《いじ》っちゃ、だめっ　やぅっ」

「じゃぁ、ココは？」

「ひっっ⁉　やぁあっ、あっ、あっ」

尻を揉んでいた指が後ろから割れ目を撫でて、ずるりと蜜口に入り込んだ。

イヴァンと初めてしてから回数をこなしているから、ミカエラの身体は素直に快楽を拾う、無骨で太いイヴァンの指が中を掻き混ぜれば、蜜液がとろとろ零れてくる。

しかもイヴァンの指はミカエラ自身よりもイイ所を知っていた。

「あっ、だめっ、イヴァンっ、やぁあっ」

「……こんな細っい腰してんのに」

「そこ、そんなっ、やだぁっっ！」

快楽でミカエラの膝が崩れて、イヴァンの肩に凭《もた》れかかる。まるで肩に担がれているような格好になったから、イヴァンは胸を弄っていた手をミカエラの下肢に伸ばした。

触られてなかった筈の突起は腫れていて、イヴァンの指に弄られると声も出ない。そこを弄られると中に入っているイヴァンの指を締めて、無意識にミカエラの腰は揺れてしまう。

「あ、あっ、んーっっ」

イヴァンの指が抜ければミカエラの身体はくにゃりと崩れる。ミカエラが完全に座り込む前にイヴァンの手が腰を支え、蜜口に性器が当たるように調節した。

ゆっくりと、ゆっくりとミカエラはイヴァンを飲み込んでいく。幾ら慣れてきたとはいえ、体格の差からどうしても最初は痛い。

「んっっく……は、あっ」

でも解っているのだろう。入れる時は慎重にゆっくりとしてくれるし、入れた後は頭を撫でたり軽いキスをしてくれるからミカエラは幸せだった。

深い呼吸をする事を覚えた。身体の力を抜いてイヴァンに凭れかかる事を覚えた。

まだ頭の中はくにゃくにゃなのに、慣れたから無意識にできる。イヴァンの胸に頰を擦り寄せて大きな溜め息を吐けば下肢が痺れた。

もう少し。もう少しだけこのままでいて欲しい。

口には出さないけどそう思っていれば、イヴァンの手が下肢に伸びてくる。

「やっ、ん、まだ……ひゃうっっ⁉」

臍《へそ》を弄って下腹を撫でられて、茂みを擽《くすぐ》ってから媚肉《びにく》を開いた。

驚いて跳ねればイヴァンの片腕にしっかりと身体は支えられている。でも左右に逃げる事もできないから、思わずミカエラは上に逃げて声にならない悲鳴を上げた。

自分から逃げたせいか、酷くイヴァンの形を感じてしまう。

身体の中を擦られる快楽に、まだ浸っているのにイヴァンの手が動く。

何をするのか。震えながらイヴァンにしがみ付けば、腫れている突起を指で擽られた。

「やぁあっっ！　ひっ、いやっ、やっ」

「……キツっ」

「やだっ、やだっ、やぁあっっ」

もう痛みはなかったけど突起を弄られると、中にいるイヴァンを締め付けるのが苦しくなる。無意識に跳ねる身体は背に回したイヴァンの片腕だけでは押さえられないのか、ミカエラは自分で腰を揺すっている事に気付いていない。

だって、だって。こんな、嘘だ。苦しくて気持ち良くて頭の中が真っ白になる。

「やっ、やめっ、やめてぇっっ」

突起をきゅっと抓まれて擦るように嬲られているのに、イヴァンは腰を動かし始めた。下から突かれる快楽に腰が溶けそうになる。がくがくと揺す振られてイヴァンの肩に爪を立て、どうしていいか解らないから顔を上げた。

「イヴァン、ひっ、んんっっ！」

苦しくて苦しくて必死で口で息をしているのにイヴァンの唇がミカエラの唇を塞ぐ。舌を絡め取り柔らかく噛んで、一番感じる口蓋を擽ってくる。

もう何も解らなかった。

気持ちイイのか苦しいのか辛いのか、それすらミカエラには解らない。イヴァンの首に縋り付いて爪を立て、口の中に溢れる唾液を飲む。

「……お前は、ワイン禁止だっ」

「ひっっ!?　あっ、あっ」

慣れたと思った行為だけど、ミカエラは初めて意識を失った。

「……ひ、ひど、い」

ベッドの中で起き上がる事もできないミカエラは恨めしい声を出す。喉がカラカラで、まるで風邪を引いた時のように声が出ない。

しかも指一本動かすのも辛くて、視線だけをイヴァンに向けた。

「すまん、悪かった」

謝りながらベッドに腰掛けてくるイヴァンの手には、アルコールがほとんどない蜂蜜酒《はちみつ》が握られている。その蜂蜜酒が病人や子供に与える物だと解っているけど、今のミカエラにはヒポクラスのアルコールも飲むのが辛いだろう。

指一本動かすのが辛いミカエラは起き上がる事もできないので、イヴァンは自分の口に蜂蜜酒を含んで顔を寄せてきた。

甘い甘い蜂蜜酒は、喉を焼くぐらいに甘い。

「……っく、甘っっ」

「……もっと」

口の中に残る蜂蜜酒でイヴァンが顔を顰めるから、ミカエラは目を眇《すが》めて要求した。

だってコレでは何もできない。風邪だと言えばベリンダや使用人達が様子を見にきてしまうし、顔を見られただけでバレる自信があるから悩んでしまう。

そこまで考えてからミカエラは小さな悲鳴を上げた。

「あっっ！」

「ん？　どうした」

「引見！　今日の昼少し前ですよっ、どうするんですかっ」

涙目になってミカエラは叫んだが喉が痛かったからゲホゲホと咳き込む。何か鋭利な刃物が喉を通ったような痛みに、苦しそうにしていればイヴァンが背を撫でる。

「……まだ、飲むか？」

「だ、からっ……引見、しなきゃいけないのにっ」

「バルコニーで手を振るだけだろう？」

呆れたように言うイヴァンは引見を経験した事がなかった。

確かにやる事はバルコニーで手を振るだけだろう。しかし国民全てが見ている。その視線に曝された後に、祭りに行って少しだけ見回らなければならない。

「手を、振った後に、祭りを見るんです」

「抱えていくから大丈夫だ」

「……イヴァン様は、あれを見てないから言えるんです」

物凄い視線。

穴が開きそうな視線を浴びてから、視線の持ち主の所で買い物をしなきゃいけなかった。

王族ならば礼節をわきまえて余り露骨な事は言わない。しかし相手は国民でしかも祭りで酒を沢山飲んでいる。

酔っ払いに何を言われるのか想像して青くなっていたミカエラは、甘い蜂蜜酒の味のするキスをされた。

「そうか。なら少し悪い知らせがあるんだが」

「え？」

「後少しで引見の時間だ」

ミカエラは目を見開くしかできない。驚き過ぎて吃驚《びっくり》というよりは心臓が止まりそうで、目を丸くする。

だって、後少しって。少しってどのぐらいなのか、服はどうすればいいのかと、ミカエラの頭の中でグルグルと回っている。

どうしよう。どうしようと慌てたけど身体は動かなくて、あわあわおろおろしていると凄い勢いで扉が開いた。

「ミカエラ奥様。引見のお時間はすぐです……お着替えからですか？」

「済まない。引見というのがそんなに大変なもんだと知らなかった」

「そうですか。では、イヴァン様もお着替えをなさらないといけないと知っていますか？」

ベリンダの一声にイヴァンの顔色が悪くなる。

ようやく気付いたのだろう。バルコニーで手を振るにも、結婚式の時と同じような服を着なければならない。

立派な体軀と騎士として完璧なイヴァンだったが、王族や貴族が当たり前にしている事が苦手だった。

「……俺は何を着るんだ？」

「先日の結婚式では間に合わせのような礼服になってしまいましたからね。同じ寸法で国王に相応しい礼服を用意しておきました」

さぁさぁイヴァン様は隣の部屋へと、ベリンダが追い立てるからイヴァンは素直に寝室を出て行った。

それからが大変でミカエラは頭が痛くて喉が渇いて苦しくなる。二日酔いのせいかもしれないけど、ベリンダに子供の頃のように怒られながら着替えを手伝ってもらう。

だってミカエラは一人では立てない。快楽で腰が抜けてなんて可愛いものではなく、どうやら筋肉痛も混じっているようだから情けなかった。

「ミカエラ奥様。夫婦の仲がよろしいのは嬉しいのですが引見を忘れてしまうようですと本当にベリンダは困りますからこれから」

「ごめんなさい。ベリンダ」

「先に髪を整えてあげて。本当にごめんなさいじゃありませんよお二人の仲がよろしいのはいいですが夫婦の前に国王と王妃という事を忘れないように」

「本当にごめんなさい。なんか頭、痛いの」

着替えが終わり髪を整えている時に、イヴァンが寝室に入ってきた。

一応、帽子と足の先まであるローブは免れたらしい。結婚式と同じような礼服だったが、ベルトや襟が派手になっている。

「……ベリンダ。コレはつけないといけないのか？」

「記章のついた襟飾りとペンダントは普通ですよ。それからベルトにつけるポーチには紋章の飾りがついているのでぶつけないようにしてください」

「……そうか」

残念そうに言うイヴァンにミカエラはベッドの上で小さく笑った。

それに気付いたのかイヴァンがミカエラの下に来る。ミカエラの手を取って指先にキスを落とす。

「髪は上げるのか？」

「ええ。結婚したから」

綺麗に結い上げているせいか、イヴァンは髪には触らず頰にキスしてくれた。

でもイヴァンが少しだけ、嬉しそうな顔をしていたと解っている。もしかしたら髪を上げている方が好きなのだろうか。そうだといい。

だって髪にキスされるのも嬉しいけど髪を上げていれば頰にキスしてもらえると、ミカエラは幸せそうに微笑んだ。

「じゃぁ、行くか」

「はい」

もう抱き上げられるのも慣れたからミカエラはイヴァンの頰にキスをした。

だけど、今日は恥ずかしいかもしれない。バルコニーで手を振る時も抱っこされたままだから、祭りは諦めた方がいいのかもしれない。

だが、ミカエラは解っていない。イヴァンがこういった事に羞恥を感じないという事をまだ解ってなかった。

これから悲しいぐらいに解るだろう。

バルコニーで冷やかされて揶揄われているのにイヴァンにキスをされたり、祭りではもう大変なぐらい歓声を受けるのも知らない。

だけどそれが良かったのか、引見も祭りも凄く盛り上がる。国民は羨ましいほど仲の良い夫婦だと叫び、昔のように幸せの国になるのも早いと喜びの声を上げげた。

# あとがき

初めまして、永谷圓《ながたにえん》さくらです。

このたびは拙作《せっさく》『騎士恋物語』をお手に取って頂きありがとうございました。


今回の話も合言葉は「はー○○○○ろ○んす」です。

しかもコテコテで超王道の「敵だったのに好きになってしまったあの人」みたいな話を目指してみました！

ですが……どうやら私の心の底には『甘くしろ～超甘くしろ～星人』が住み着いているらしく、最終的には「え？　敵同士だったよね？」と疑問に思うぐらいのラブラブになっていました。いや、基本ラブラブ好きですが、大丈夫なのか心配です。

まぁ、最初っから甘甘ぶっちぎりだった『愛の華』よりはマシ……マシなの、か？

「何でラブラブになった!?」と疑問に思わずに「超甘くしろ～星人の呪いね☆」と思ってくださると助かります。


しかし、どうして甘い話ばかりになってしまうのか？

もしかして甘い物が好きだからなのか？　なんて強引に話を持っていきたくなるぐらいに私は甘い物は大好きです。

どのぐらいかというと。某アメリカに住んでいる友人が居るのですが、昔々その友人の家に遊びに行った時に、

「最近こっちで流行《はや》ってるのがあるんだけど、私は甘過ぎて食べられないけど、さくらにならに食べられると思って！」

まだ日本では流行ってなかったシナモンロール。日本で一般的になったものよりギューっと小さくして砂糖の塊《かたまり》アイシングに浸されたシナモンロールは美味しかったです。日本で流行った時に物足りなくなるぐらいに濃かったです。

「きっとコレも、さくら好み！」

馬鹿でかいプレッツェルのような物を揚げてナッツをまぶしてバタースカッチのソースで食べるお菓子？　パン？　食事のような甘甘も美味しかったです。

更に日本ではあまり見かけないペカンナッツパイも好きなんだ〜と言ったら友人が作ってくれた事があります。でも渡してくれる時に凄い困った顔で、

「ゴメン。本の通りに作ると……コーンシロップが！　コーンシロップが！　ありえないほど入るから怖くなって半分にしたけど、それでもコレ怖い……」

確かに本来ならペカンナッツの下にある白いネロっとしたのが少なく美味しかったです。とても美味しかったですと伝えたら、すごぉぉぉぉく苦しょっぱい顔をされました。そんな感じで迷惑をかけていたせいか、それとも単にアメリケン舌だと思われたのか、「こっちに住みなよ～」

と友人は言いますが、何でもフライにしてしまう国には行けそうにありません。自分で言っていたではありませんか。

「もうコッチは何でもフライにするの！　職場の人が偶に食べたくなるフライって何だか解る？　ピクルスのフライよ!?　ピクルスをフライにするのよ！　ありえないでしょ！」

それは沢庵《たくあん》のフライと同義語でしょうか？　いや、もっと水気がありそうな気がするのですが……胡瓜《きゅうり》の糠《ぬか》漬けのフライ？　いやいや、それフライにして大丈夫なのか？

そして、色々な方に感謝を。

担当さまにはお世話になりました。連絡をするのに遅い時間だったから携帯に連絡入れますね～と言ったら「仕事場でも大丈夫ですよ！」と言ってましたが、あんな時間まで仕事場にいらっしゃるんですね……。

イラストをつけてくださった、辰巳《たつみ》仁《じん》さま。本当にありがとうございます。

こんなに可愛いミカエラじゃぁ、イヴァンだって猫可愛がりするって！　それにこんなに格好良いイヴァンじゃミカエラだって惚れると安心しました！　それとイヴァンとミカエラの身長差体格差が脳内の二人と一緒で、一人盛り上がりました～。

相談に乗ってくれた山ちゃんも本当にありがとう。一緒に考えてくれて本当に嬉しかったのですが、私が「解った！　叙述《じょじゅつ》トリックね！」と叫んだのは忘れてね。自分でも何が解って何が叙述トリックなのか今となっては解らないからね。

しのちゃんもありがとう。ゆきえちゃんもありがとう。

恒例ですが、家族にも色々と迷惑をかけました。

修羅場中に私が「神様が降臨してくれれば！」と言っていたせいで奇妙な踊りを踊るようになった妹ですが、余り嬉しくないですが踊りが復活しました。

でもね、踊った後に暫《しばら》く動かないで、「悲しいけど、これが現実なのよね」とか言わないでください。お姉ちゃんは悲しみに寝そうになりました。

それでは。こんな所まで読んでくださった皆様。ありがとうございます。

少しでも楽しんで頂ければ幸いです。

騎《き》士《し》恋《こい》物《もの》語《がたり》

ティアラ文庫をお買いあげいただき、ありがとうございます。
この作品を読んでのご意見·ご感想をお待ちしております。

✦ ファンレターの宛先 ✦
〒102-0072　東京都千代田区飯田橋3-3-1
プランタン出版　ティアラ文庫編集部気付
永谷圓さくら先生係／辰巳仁先生係

ティアラ文庫WEBサイト
http://www.tiarabunko.jp/

---

著者――**永谷圓さくら**（ながたにえん　さくら）
挿絵――**辰巳仁**（たつみ　じん）
発行――**プランタン出版**
発売――**フランス書院**
〒102-0072　東京都千代田区飯田橋3-3-1
電話（営業）03-5226-5744
（編集）03-5226-5742
印刷――誠宏印刷
製本――若林製本工場

ISBN978-4-8296-6583-1 C0193

ティアラ文庫

Tia6582

♥ 好評発売中! ♥

愛の檻
騎士に淫らに触れられて
永谷園さくら
Illustration 坂本あきら
身分を超えた独占愛!
城内の密室で激しく愛を交わす、テオバルトとアルマ。
二人は貴族と侍女――結ばれるはずのない恋だったが……。
最高糖度の Sweet ラブ♥